灵兽之语

傅菲 著

长江出版传媒　长江文艺出版社

图书在版编目（CIP）数据

灵兽之语 / 傅菲著. --武汉：长江文艺出版社，
2023.2
ISBN 978-7-5702-2578-1

Ⅰ. ①灵… Ⅱ. ①傅… Ⅲ. ①散文集－中国－当代
Ⅳ. ①I267

中国版本图书馆 CIP 数据核字 (2022) 第 049054 号

灵兽之语
LINGSHOUZHIYU

责任编辑：周　聪　　　　　　　　责任校对：毛季慧
封面设计：颜森设计　　　　　　　责任印制：邱　莉　王光兴

出版：长江出版传媒　　长江文艺出版社
地址：武汉市雄楚大街 268 号　　　　邮编：430070
发行：长江文艺出版社
http://www.cjlap.com
印刷：湖北恒泰印务有限公司

开本：787 毫米×1092 毫米　　1/32　　　印张：7.75　　插页：4 页
版次：2023 年 2 月第 1 版　　　　2023 年 2 月第 1 次印刷
字数：113 千字

定价：55.00 元

目　录

灵　猴

　　放下铳的一刹那，旦春傻眼了，只见一只短尾猴跪在地上向他作揖。一溜肠子血糊糊地从裂开的下腹淌下来，血水不停地往下滴。旦春匍匐在大石墩上，感到有一股血腥气从喉咙冒上来，冲溃了堤坝的河水一样冲出了自己的口腔鼻腔。他狠狠地扇了自己两耳光。

　　这是一只老母猴，头发稀稀，脑壳露出红红的肉斑，宽阔的脸廓盖了一层紫红色，两道眉脊凸起。它的眼睛通红，血冲涨上来的红。它眼睛眨也不眨，怔怔地瞪着旦春。它的眼睑薄薄，如瓜片垂拉下来，显得很让人哀怜。可以看出它来自良善的族群。它的耳朵大而薄，如两把小蒲扇插在头部两边。一撮短短的尾巴缩在臀部。它身上的毛淡黄色，荻草经霜秋后的那种淡黄色，淡黄

1

中有泛青的白。它扁塌的鼻子皱起来，可能因为恐惧和惊吓，它的嘴唇在抖动。空气里还弥漫着炭硝的刺鼻味。硝尘发白，一丝丝往树上绕。猴群往后山跑去，边跑边吱吱吱地叫着。

旦春放下铳，往树下走过去，想抱起它。老猴子龇起牙齿，吱吱吱地叫。小猴子缩在老猴子后面，吱吱吱地叫。旦春和它对视着，想以眼神震慑它。他父亲曾对他说过，兽最惧怕的是人的眼神，而不是人的拳头或手上的刀具。眼神会露出人的胆魄和心智，眼神是人精气外泄的一道光。和兽对视，得凝精聚力，凝出刀具的锋芒。老猴子的眼睛滑下了泡泉一样的液体。老猴子侧过身，把小猴子抱在胸前。

血水还从它的下腹淌下来。老猴子望着他，以哀求的眼神望着他。

他扭头跑下山。他的心针扎一样痛。他杀过多少野猪、多少兔子、多少果子狸，他记不清楚了。每一次猎获回来，他都洋洋自得。他曾多自豪啊，他是方圆三十里最好的猎手。没有他杀不了的野兽，没有他辨不了的兽迹。

在十七岁那年，旦春第一次独自杀了一头野猪。在灵山以北山区，哪个大山坞没有野猪呢？野猪成群结队来到山边的瓜田，一夜糟蹋，瓜瓢四裂。乡民种下的花生也被野猪糟蹋。他父亲斜吊着眼睛，睥睨他，对他说："毛湾坞有一大块番薯地，野猪肯定会去吃番薯，旦春啊，你有没有胆量去杀野猪啊？"

　　在他父亲眼中，旦春一直是个胆小的人。他多年跟随他父亲上山打猎，每次都是他父亲开铳杀猎物。他父亲背一杆散眼铳，斜挎一个黑色麻布硝弹袋，腰背插一把弯口砍刀，穿一双高帮帆布鞋，低弓着身子走路。

　　他父亲走路快眼力好，在山中转十几个山头，也不气喘。在路上遇见动物粪便，他父亲蹲下来，捏起粪便，慢慢摩挲，微微一笑。他父亲知道是什么野兽在什么时间来到了这里。他在草径寻找野兽足印，一路追随。有时追随了二十余华里，足印没了。他父亲默默地站着，看四周的山形、森林形态、溪涧流向，然后往森林里钻，把野兽猎杀回家。

　　大多时候他父亲空手而归。

他第一次见父亲放铳杀野猪，还是十三岁。他父亲带他去他外婆家。他父亲有一个习惯，出门翻山，背上都要背一杆铳。他外婆家在一个高山山坞，冬日雪盛。他们沿着峡谷的山道往山上走。雪乌黑黑地从高空旋下来，慢慢白。山道狭窄，雪积得慢，但滑脚。他拽着父亲的衣角，走得跌跌撞撞。大雪时，山中有一种着了魔的死寂。他有些害怕。走到湾口，他父亲停住了脚步，往湾口下的树林望。他父亲倚着一棵老油茶树，架起了铳。

"砰砰。"一股硝弹从铳眼散出，呈半扇面向树林射去。

"嗷，嗷，嗷，嗷。"野猪拼命地号叫。

"打到野猪了，打到野猪了。"他父亲低声自言自语。但野猪并没死，在树林乱窜。他父亲拉开铳管，麻利地塞了一把硝弹，三步两步地跑向树林。受伤的野猪如猛虎，发出振聋发聩的号叫声，向他父亲猛扑过来。他父亲举着铳逼近它对视它，对准野猪脑壳，又放了一铳。野猪脑壳炸裂，脑浆血肉四溅。他父亲顺势把铳托挤进野猪嘴巴，拉起野猪两只前腿，把它撂翻在地。他父亲

的脸上和衣服上，沾满了血浆。

毛湾坞是偏远的一个山坞，有一块黄泥地，种了十几担番薯。霜降前后，番薯甜熟。这个时节，野猪每年都会来拱地。他父亲睥睨的神态，让他受不了。他说："杀一头野猪有什么难呢？山里的男人杀不了野猪就成不了男人。"

旦春背上铳、硝弹，手上捏了一把砍刀，一个人上山了。毛湾坞是个弧瓜形的山坞，山上有稀疏的灌木林和竹林。番薯地一垄一垄，高低有致。在山边，他搭了一个尖塔状的草棚。他等待夜晚来临。鸟叫声不再出现了，天黑魆魆，半个月亮升上来，山坞有了些澄明，但更阴森。他缩在草棚里，抱着铳。他有说不出的害怕。他听到了呜呜呜的号叫声。叫声尖利而悠长。这是豺站在山脊上，望月而叫。很多野兽都会望月而叫。风摇动着树枝，树叶沙沙沙。他在草棚里坐了一夜，也没等到野猪出来。野猪大多在夜间或凌晨出来活动。

他父亲见他垂头丧气地回到家里，说："守猎物就是磨耐心，练胆子，没有耐心和胆子，当不了猎人。"

在毛湾坞守了十三个晚上，旦春才守到野猪出来。

这是一个野猪群，有三十多头，在溪涧喝足了水，穿过一片灌木林，进入番薯地。旦春从没见过这么大的野猪群，大野猪在前面带路，小野猪在后面哼哼哼地叫。野猪分散在番薯地里，肆无忌惮地拱地。旦春端着铳，不知道如何下手。野猪是十分精明的动物，听觉尤其敏锐。旦春紧张地在草棚前站了几分钟，悄悄地爬上草棚边的乌桕树。受伤的野猪会发怒、疯狂，攻击人。即使一枪毙不了野猪的命，自己的生命会受到很大威胁。

野猪拱着拱着，拱到了草棚这边。一头三百多斤的野猪拱着地，时不时地仰起头，昂昂昂地轻叫。旦春把铳架在树丫上，扣了拉栓，砰砰砰，硝弹飞出，大野猪脑壳炸裂，当场倒地。野猪群四散，号叫着逃向树林。旦春站在树上，脚一直在打抖。他感到自己的身子都发软了。当他看到硝弹轰开野猪脑壳时，他又有一种无比的兴奋。庞然大物在自己面前，轰然倒下去，那是一种什么感觉？

这种感觉，他从来没有体会过。他随自己父亲打猎，很多次目睹大野猪被射杀，但体会不了征服大物的感觉。只有猎杀者才可体会。一个卑微的平凡人，猎杀了大物，

突然感觉自己成了征服者，成了悍然主宰大物生死的人。他觉得自己是山林之王。

现在，旦春颓然地坐在门前的石级上，双腿忍不住地发抖、酸痛。他使劲地搓揉双腿，也缓解不了那种酸痛。他的老婆丽晴见他满脸无助的样子，也不知道究竟发生了什么事，对他说："想不清楚的事，不要去想，喝一杯酒下去，什么事都会在心里散去，风吹吹，便没了。"

酒喝了两口，旦春把酒杯推走了，说："这个酒有苦味，又寡淡。"

"神经兮兮，你昨天还说这个高粱烧劲道足。"丽晴说。

吃了饭，旦春坐在门前的无患子树下，遥望着对面的灵山。灵山由东向西横亘，如一簇抛起的巨浪。晚暮的云层飘飘浮浮，遮盖了山峰，青黛色的山峦如鼓胀的马臀肌肉。鹞子在屋前山坳盘旋，一圈又一圈，嘘嘘嘘地叫。

无患子树簌簌簌响，树叶被风翻动。树叶半青半黄。

风翻动一次，树叶飘落几片。叶落在旦春头上。旦春感到浑身乏力，他从来没有这样疲倦过，便早早进屋睡下了。

可入睡不了。他想起了老猴子作揖的神态，那是一种无望的哀求，似乎在对他说："放过我吧，放过我的家族吧，放过我弱小的孩子吧。"老猴子抱紧小猴子的那一刻，旦春在溃败，像马蜂飞出捣烂的马蜂窝。他强烈地想自己的母亲。他活了四十余年，母亲仅仅是一种称谓。

在他四岁时，他母亲带他下山，去镇里玩。去镇里，要走八华里的土公路。公路很少有车辆，偶尔有拉煤的大货车经过，沙尘飞扬。孩子好动，喜欢奔跑。他去追麻雀，麻雀飞飞停停。他乐呵呵。他母亲也乐呵呵。在塘底（自然村名）的岔路口，（屋子遮挡了视线）猝不及防，一辆大货车从另一条公路窜出来，拐弯向南。旦春站在路口中间，一时不知所措，吓得号啕大哭。他母亲把他拽回了屋角。大货车掠起的风大，卷起了他母亲的长裙子，卷进了车底。

他母亲就这样走了。他对母亲毫无印象。除了一堆泥土坟，他母亲什么也没留下，照片也没留一张。十六

年前，他娶了老婆，他父亲入赘了山下的张家桥头李氏。他父亲对他说："我们山腰人家谋生不容易，来不了钱，打个短工还找不到东家，以后你也来山下安个窝。"

这是一个小村子，只有六七户人烟。斜斜的山腰上，先人垦出了二十余亩山垄田，几代人在这里安生。父亲下山了，把铳交给了他。这是一杆八尺七寸长的长铳，铳眼直径三厘米，铳管两尺一寸长，铳托是棠棣老木刨出来的，有两条深黄色的溜肩。他父亲喜欢这杆铳，他也喜欢这杆铳。因为多年的油布擦洗，棠棣老木溢出了松脂色的包浆，铳管是生铁铸的，乌黑发亮。且春每次摸铳管，似乎能听到硝弹在里面发热，呼啸。

他在床上翻来覆去，想着下午的事。为猎短尾猴，他准备了半个多月。这是一群迁移来黄茅尖的猴群，有十几只。黄茅尖崖石陡峭，峭石下是乔木参天的丛林。他熟悉黄茅尖，他十几岁便随父亲去过采石耳。崖石在暮春长石耳，贴着春涧水长，苔藓一样吸附在石壁上。据说，在很多年前，黄茅尖有狗熊出没，但也仅仅是传言。他父亲也没见过，连狗熊的粪便和脚印也没见过。丛林阴森森，树梢上挂满了薜荔的藤条。樟树和冬青的

9

树身上，被斛蕨一层层地包裹着。竹叶青蛇冷不丁地从树上荡下来。

猴群来黄茅尖已有半年。发现猴群的人是老翁师。老翁师是采药人，在旦春家喝酒。他喝了酒，酒糟鼻通红。他说："旦春，黄茅尖有猴群，猴子还下山摘玉米棒吃。"

旦春还没看过野猴。他去了黄茅尖。黄茅尖是一座高山的尖峰，野路都没有一条。在山上寻迹了半天，他才摸到猴群的行踪。猴群在丛林活动，以一棵高大栲树为中心，在树林跳来跳去，在崖石上嬉戏追逐。

他去了三次黄茅尖，还蹲守了一天。

第四次，他背上了铳，拎了半蛇纹袋玉米棒，上山了。他把米玉棒撒在涧边的一小块空地上，然后隐藏在一块石墩背后。他戴着树枝编的帽子，等猴子下来捡玉米棒吃。等了两个多小时，一只猴子下来，捡了一根玉米棒，往大栲树跑去，吱吱吱地叫。叫了几声，猴群下来了。有的猴子荡着树枝下来，有的猴子小跑着下来。猴子捡了玉米棒，扎堆地蹲着掰开吃。

丛林里，秋蝉有些聒噪，吱呀吱呀，叫得光线都有

些飘忽。太阳的热气被树林吸得所剩无几。太阳光像芦花一样漂浮。旦春站直了身子，举起铳，瞄准了猴群。旦春想，这一把硝弹放出去，可以杀三五只猴子。

这时，一只老猴子发出了吱吱吱的叫声。它警觉到了危险迫在眼前。它站了起来，发现了旦春。它举起了前肢，拦在了猴群前面。砰砰砰，铳响了。硝弹散射而去，击中了老猴子腹部，还击中了一只小猴子的前右肢膝盖骨。

其他猴子在四处张望，铳声突然响起，它们惊慌失措，四处乱跑。旦春拉开铳管，往里面灌硝弹，推实铳管，举起铳瞄准。他惊呆了。老猴子在作揖。它多皱的脸在痛苦地扭曲，嘴角往两边拉动，不停地拉动，露出粗粝的尖牙。

红肋蓝尾鸲咕呤呤鸣叫了。天麻麻亮，山脊翻出如絮的云白。旦春从迷迷糊糊中醒来。他吃了碗泡饭，握了一把柴刀，上山了。他去黄茅尖，去找那只老猴子。假如那只猴子还活着，他要抱它去医院，缝合伤口，医治它。人有冤孽。有时候犯下的冤孽，自己还不知道。

像他这样杀生重的人，犯下的冤孽更重。他是一个猎人，他的职业就是杀生。见生杀生。

他的胸口在隐隐作痛。猴子怎么会像人一样作揖呢？它没法说出人话，没法和人争辩。它没有铳，它只有作揖。它用它的身子挡硝弹，它期望用它将死的肉身换取族群的生命，它只有作揖。它用它的命在哀求他。

在黄茅尖不见猴群了。旦春不知道猴子去了哪里。他找了方圆五华里的尖峰也没看到猴群。他也没找到受伤的老猴子。他沿着血迹找，在几百米之外的一丛树林里，血迹不见了。那里有一个泉水潭，潭边有猴子的脚印。他父亲曾对他讲过，猴子是非常聪明的动物，被毒蛇咬伤了，自己会采草药救命。但愿老猴子可以救自己的命。

受伤的老猴子走不远。没看到它，旦春不甘心。连续三天，他去黄茅尖及附近山上，找猴子。石洞、石岩的大裂缝、茅草窝、土穴，他都细心地看过去。但一无所获。他又庆幸地想，没有找到，说明老猴子还没死。

他老婆见他垂头丧气的样子，脸色如打蔫了的菜叶，说："丢了魂的人也没这样难看的神色，你杀它又要救

它，又何苦呢？"

旦春扔下手上的事，又去黄茅尖。老猴子跑不远，应该是躲在一个不容易被人发现的地方。再不施救，它会死去，那么大的创伤面，血一直在滴，它熬不过去。还有，那只受伤的小猴子去了哪里呢？他心里这样想。

去了泉水潭，他仔细地察看了四周。四周是一片葱郁的灌木林，海棠树、棠棣树、荆条树、硬漆树、乌饭树，生得密密匝匝。野山茶开着洁白的花。在林下有一棵粗壮的苦楮树，树冠如席。这是一棵几百年的老树。旦春穿过灌木林，一股腐肉的气味冲了过来。他忍不住捂住了鼻腔。

苦楮树根部有一个管箩大的树洞，老猴子斜躺在树洞里，腹部溃烂，流出白白黄黄的腥水。小猴子伏在老猴子的头上，干瘪的身子有蛆虫在爬。小猴子可能是饿死的，它的脸塌陷在颧骨下面。它守着老猴子而死。它的手（前肢）抱着老猴子的颈脖子。

旦春在泉水潭边掏泥，用柴刀掏。泥是黄泥，抱在手上有黏湿感。他脱下劳动布外衫，包着泥，埋在洞里。他一包包地拎下去，封住树洞。他的衬衫盖在猴子身上。

在苦槠树下，他坐了一个中午。他有一种虚脱感。他已打猎二十多年了，他的铳声震动山野。他凭一杆铳在山林行走。他从不给猎物下套子，他鄙视以套子或陷阱狩猎的人。他有力气有胆识有脚力有耐力。他曾拜过沙洲的犟老头为师。

犟老头是灵山以北最出色的猎人。辨兽迹，辨路径，他瞭一眼便知道。在空气中，他可以嗅出野兽的气味，并以此判断是何种野兽、藏身的位置。但他不带徒弟，连自己的儿子也不教。他在四十多岁时，便不再狩猎了。旦春拜师时，犟老头已经七十三岁了。

旦春没见犟老头之前，以为他是身材高大、雄猛威武的人，满脸络腮胡，目露凶光。其实不是，犟老头身材矮小，很精瘦，很和蔼。旦春磨了他三天，恳请他收己为徒。犟老头说，不是自己不肯教，猎人杀生太重，越活面目越狰狞，猎人将死之时，会极端痛苦，咽不了最后一口气，会和野猪挨刀一样号叫。

旦春说："我不怕挨刀，我喜欢打猎。"

"看到野兽在你面前倒毙下去，你是不是很有快感，很兴奋？"犟老头问他。

"是这样的。这种兴奋，别的东西替代不了。烈酒和女人都替代不了。"

"你是看见血兴奋，还是看见野兽死亡兴奋？"

"是，也不是。我为自己的主宰兴奋。"旦春诚实地回话。

"我年轻时，和你的想法差不多。年过四十，我知道人主宰不了自己，也主宰不了别人，更主宰不了山林。山林如大海一样广阔，万物生是天道。我放下了猎枪，以种草药为生。"犟老头告诫旦春。

"我没征服过山林，还没体会。"

"有一天，你在死去的猎物中，看到了你自己的面目，你会无比悔恨，痛苦无比。那种痛苦像你的亲人在面前死去。"犟老头说。

"如果有这样的痛苦，我愿意承受。"旦春说。

就这样，旦春拜了师傅。其实犟老头也没教他什么。犟老头带他走了方圆三十公里的大山，熟悉动物的气息、路径、习性。

在看到老猴子下跪作揖的那一刻，旦春想起了犟老头的话。当他脱下衬衫盖在猴子身上，犟老头所说的那

种痛苦袭击了他。猴子哀绝乞怜的眼神，让他想起自己的母亲。旦春泪流满面地回到家，取下铁锤，颓然地坐在门前石级上，狠狠地砸铳管砸铳托。砸了十几下，铳砸烂了。他看看自己的手，摸了摸，把右手食指压在石头上，左手举起铁锤，狠狠地砸下去。嚓，指骨碎裂了。该死的扣扳机的手指。

双河口是临近德兴市的一个小村，临近公路，群山环绕，距离郑坊镇约二十公里。群山如冠冕，山梁如帽毡。

又一年。

旦春去双河口喝喜酒。他堂姐的女儿在腊月初八出嫁。大寒即将来临，大雪飞舞，飘了一日又一日。雪从山尖往下盖，村舍如从雪地浮上来。吃了午饭，旦春沿公路闲走。往北走了四华里，有一个大山湾，溪流从桥下弯过一块稻田，潺潺而去，没入狭窄的峡谷。十几个村民聚集在桥头，围着一辆大货车，议论着什么。旦春近前看。一只大猴被货车碾压，肉身四裂，满地血水。一只小猴子被压断了后左腿，瘫倒在地，吱吱吱地叫，

可怜巴巴地看着人群。

双河口的高山上，有一个庞大的猴群，已盘踞多年。山高林密，谁也没上山追过猴，也不知道猴群到底有多少只。但猴群会下山，来村子找吃的。

旦春脱下毛衣，包起了小猴子，对村人说："我抱它去医院，看看骨头能不能接起来。"小猴子看着地上的"肉饼"，吱吱吱，叫得更凶更悲凉了。

小猴子来到了旦春家里，裹着纱布，撑着支架。医生说："小猴膝盖粉碎性骨折，会落下残疾，会瘸腿。"小猴只有一尺来长，四斤来重，皱起的嘴巴像两块锅盖。旦春从楼上取下摇篮，给猴子睡。摇篮是他孩子好升出生时用的。好升在县城读高中，住校，一年难得回家几次。旦春给摇篮铺了稻草衣，对老婆丽晴说："每天熬点骨头汤给小猴喝喝，伤筋动骨一百天，补一补，恢复得快一些。"

"又不是你儿子，哪有那么多骨头汤给它喝。"

"好升在外读书，家里有一只猴子多好啊，有很多欢乐。"

旦春掰玉米棒给它吃，一粒一粒搓下来，塞给它。

小猴子一把抢过来，自己捧在手上吃，一边吃一边防着旦春抢回去。旦春给它牛奶喝，它也抢，抱在手上塞进嘴巴，咕噜咕噜，一口气喝完。

两个多月后，猴子可以下地了，瘸着腿。旦春吃饭，它也跳上桌。旦春坐下来喝茶，它从香火桌上拿下烟盒，抽一支出来，递给旦春。挂在竹竿上晾晒的小河鱼，它取下来，撒得到处都是。

天热了，旦春爱喝啤酒。他骑一辆摩托车，从山下杂货店买两箱啤酒放在香火桌下，他餐餐喝一瓶。一个大碗，倒半瓶啤酒，余下的半瓶被猴子抢去，翘起酒瓶，喝得点滴不剩。猴子喝了啤酒，满脸通红，晕乎乎，从长板凳上栽下来。

旦春养了二十多头牛，早上赶牛进燕子坞，傍晚牛自己回来。去燕子坞有五里路的脚程，旦春赶一根竹梢，吆喝着：

　　　　山转山啊转不完。

　　　　牛赶山啊肥得忙。

　　　　卖了水牛养个家，

家有糠妻吃不荒。

牛是大水牛，走路闷声不响，牛蹄踏步沉稳。沙子路在牛蹄下，咯噔咯噔地响。涧水声哗哗哗。山路悠远。猴子也跟着去。猴子有时坐在牛背上，有时坐在旦春的肩膀上。猴子蹦跳到牛群前面，蹦跳到路边的树上。

猴子壮得快，毛光水漉。旦春给它玉米吃，鸡去争食，它扇鸡一巴掌，鸡呼噜噜跳起来，歪着头，伸出喙，想啄它，看看，又忍着。旦春给它鸡爪吃，狗也去争食，猴子龇牙皱眉，吱吱吱吱，叫几声，狗荡着尾巴走了。

有一次，旦春在山里栽芝麻，栽到晌午了，还没栽完。挖出的秧苗不及时栽下去，会脱水而死。他不想来回走路，便空着肚子继续栽。猴子来了，脖子上挂着一个饭盒，叮当叮当。旦春鼻子一酸，说："你怎么知道走这么远的路，送饭来呢？"他抱起猴子，给它理毛，说："你怎么赖在我家里不走呢？"

猴子看着他，龇牙。

有一头牛犊，四个多月大了，很喜欢蹦跳，小蹄子咯哒咯哒地蹬泥块。猴子跟它一起跳。猴子和它一起去

小河里游泳。河膝盖深，从村前向南流去。旦春往门前无患子树下站几分钟，猴子便上来，牛犊也回来。旦春抛一个花生过去，猴子双掌一拍，花生合在掌里。

有一次，牛犊不知道吃了什么，腹泻很厉害。兽医还没赶上山，牛犊便脱水而死了。旦春把牛犊埋在河边荒地。猴子每天中午去河边，围着那块荒地蹦跳。

每年的农历九月廿三，旦春都要提一个篮子，带上玉米棒、苹果、香蕉、橘子，去黄茅尖，来到那棵苦槠树下，搭一个矮石台，摆上果品，拜祭老猴子小猴子。他跪在石台前磕头、上香。黄泥已经长满了斛蕨，蕨衣一层层地黄。他的脸也有了蕨衣般的皱纹。每次来到苦槠树下，他忍不住哽咽。他不知道是什么唤醒内心的伤痛，而无法自抑。他甚至不知道他的伤痛是什么。

瘸腿的猴子也跟他去黄茅尖。他带它去看那个泉水潭，去看那棵高大如九层塔的栲树，去看广阔的丛林。曾有猴群在这一带嬉闹，"生儿育女"，打闹嬉戏之声不绝于耳。除了鸟声、流水声和呜呜的风声，四处是死亡般的寂静。他默哀似的站在栲树前，巨大的痛和悔恨在

他内心扩散。猴子站在他肩膀上，跳上树枝攀过崖石，在丛林间跳来跳去。

每一次去祭祀，他像受难，又像从内心的废墟中解脱。

有一年，他和猴子一起去黄茅尖，第二天，猴子不见了。他到处找，去燕子坞，去羊角湾，去梨花坞，都没找到猴子。村子周围的山梁，他走遍了，也没看到猴子的踪迹。他天天失魂落魄，脸色敷了盐霜一样难看。他老婆丽晴劝他："猴子是精怪的野兽，走了就走了，千万别为它着了病。"

晚上，他也睡不好，老做梦，梦见他母亲，梦见他母亲的坟被大水冲了，梦见自己从树上跌下来，梦见黄茅尖的树林被烧光了。他的身子被绳子绑住了，野猪扑在他身上，啃他的脸，啃他的手。他在挣扎，滚着身子，嘶声竭力地喊。醒来，他浑身大汗，衣衫湿透。

他带了纸、香、酒，和一个猪头，去给他母亲上坟。他母亲葬在村后的山坳南坡，荒草萋萋。他母亲的坟堆得高高，墓前的两棵蜀柏高大青葱。坟上有一个碗大的洞，深深地斜进去。他低下身子，往洞里瞧，发现了一

窝蛋，蛋壳青白，有暗暗的水波状蓝色花纹。他认识，这是一窝蛇蛋，一窝白花蛇蛋。

上坟回来，他对老婆说："丽晴，我母亲是托胎给猴子了，和我们生活几年，是安慰我，庇佑我。"

丽晴说："见神见鬼的，哪有什么托生。"

说来也奇怪，自上坟之后，旦春再也不做梦了。

屋前屋后，旦春种了十几棵梨树。九月梨熟。梨是大雪梨，小饭碗大。他年年摘梨去街上卖。一棵梨树结两担梨。猴子喜欢吃梨。猴子一天吃两个。它三跳两跳爬上了树，坐在树丫上吃。采梨了，猴子上树摘，一个个递给旦春。看到满树的梨，旦春又想起了猴子。

芝麻地后面有一块茅草地，草是芒草，草高而盛。茅草地有野鸡窝，野鸡成群，咯咯咯，叫得人心里发痒。猴子在茅草地捉过好几次野鸡回来。野鸡在它嘴巴里扑腾，闪着翅膀，闪着闪着，没了气息。旦春收芝麻的时候，又想起了猴子。

来年三月。旦春去街上卖石耳，买了两块蒸糕回来。丽晴喜欢吃蒸糕，每次上街，他都买蒸糕。过小木桥的时候，他看见一张浅斑红的脸，从家门前的桃树上露出

来。他扬起手，举着蒸糕。猴子跳下树，蹦跳着跑向他。他把一块蒸糕塞进了它嘴里，抱住了它。猴子跳了起来，站在他肩膀上，抚弄他的头发。

猴子腹部圆鼓鼓，奶头红胀胀。他摸着猴子的头，说："你要当母亲了。"

旦春天天早上去河里摸鱼，熬汤给猴子喝。邻居见他那么上心，说："旦春你是养猴子还是养孩子啊，这么惯养下去，猴子的野性都没了。"

旦春说："猴子很快要奶孩子了，胎要发育强壮。"

过了半个月，母猴生下了小公猴，青黄色体毛，嘴唇下塌，眼睛眯起来。

过了四个月，旦春挑起箩筐，把两只猴子挑去了黄茅尖。他不想这一对母子生活在家里。人居之家，不可能繁衍出猴子的家族。

在尖峰下，旦春搭了一个木架棚，两只箩筐放在篷里。他下山了。两只猴子追着他，吱吱吱地叫。他用竹梢凶它们。猴子又退回去。他继续走，母猴带着小猴又追上来。他用竹梢狠狠地打在树上，骂它们："你是不是要我留在黄茅尖，你们才了心愿啊。"母猴怔怔地看着

他，眼里流出了液体。露水一样的液体。

两个多月了，旦春再也不去黄茅尖。他很想去看看猴子，有几次，他快走到黄茅尖了，又折身回来。他害怕看到它们。但又很想看到它们。他又担心自己去了黄茅尖，猴子会暴躁，会跟着他回家。

农历九月廿三，旦春提着果品去苦槠下拜祭。他避开了崖石下的丛林，往另一条山腰上去。他还没到泉水潭，便看见母猴带着小猴坐在苦槠树下。母猴感觉到了他的气息，荡着灌木枝条，爬上了他的肩膀。他抽它，骂它："谁叫你爬上来的？我又不认识你。"

他又抱它，骂它："你这个猴精，怎么知道我今天会来这里啊。"

七十三，鲤鱼跳沙滩。这是一句乡谚。意思是说，七十三岁是一个非常危险的年龄。很多老人都死于七十三岁。旦春的父亲死于七十三岁。他父亲的身体一直好好的，能吃能喝能做。农历十月初七晚上，和邻居打了几圈麻将，回家洗澡洗了衣服，上床睡觉，再也没醒。他老婆叫他吃早餐，他也不应声。他老婆摸摸他额头，

冰凉了。医生的说法是死于脑梗，死亡时间约早晨五点。

虽是父亲，旦春去山下父亲家却很少。不是父子不和睦，毕竟是两个家庭有了各自的生活。旦春把父亲安葬在母亲墓地侧边，也是对母亲的告慰。下午圈坟的时候，母猴带着小猴子来了。这让旦春非常诧异。

墓地和黄茅尖隔了四个山头，猴子怎么知道呢？旦春觉得十分悲酸。自父亲去世，剃头、洗身换衣、入殓、出殡、落棺、筑坟、堆坟，他都没流眼泪，可猴子出现在坟地，他哗哗哗地哭了。他一直觉得自己是孤苦的人，没读什么书，挑了一辈子的担干了一辈子的重活，有了丽晴之后，生活才有了甜味。父亲威严，并没给他太多的疼爱。他逞强，是觉得心里太苦。世上苦药难入喉，唯有吞咽的泪水最烧喉。也因为母亲去得早，他也很少去外婆家，和几个舅舅也不相亲。

"你怎么突然哭得这么伤心呢？人死不能复生，最后的独木桥都是一个人走的。"他老婆安慰他。

她越安慰，他哭得越凶。

他父亲满七之后，他挑沙挑水泥去黄茅尖，挑了十多天。

一个月后，苦槠树下，有了一座矮小的石头庙。

庙叫"母子庙"。

葱郁的森林静默如初。木荷、苦槠、青冈栎墨绿墨绿。这是一些高大常绿阔叶树，在四月，才开始发油青的幼叶，幼叶一层一层地堆上来，堆出尖塔似的新树冠。油青转为湛蓝、深蓝、墨绿，季节的车轮便已驶往初冬。尖峰之上，高大的落叶树在褪色，毛栗深黄的叶子慢慢飘零，枫香树炽燃。禾雀藤、薜荔藤缠绕在老乔木上。森林有了幽深、被时间深度催化的意味。猴子在树上荡秋千。它们扎树上晒太阳，吃野柿子，吃毛栗子。

旦春一个月来黄茅尖两次，他既是失魂落魄的人，又是意气风发的人。他戴着圆顶草帽，穿一双翻毛的黄牛皮鞋。牛皮鞋穿了六年了，他还穿。他说："这双鞋子很适合爬山。"他去黄茅尖干什么，他自己也不清楚。但去了，他心情舒坦很多。他把自己心里的废渣，排放了出来，他获得了安谧。在黄茅尖，春天来得迟一个月，冬天又来早一个月。他似乎推迟了或提前了季节的循环、转换。森林是寂静的，除了风声、鸟鸣。

敏秀的狗

"敏秀的狗在路口蹲了好几年，它眼巴巴地望着来来往往的人，在望什么呢?"经过柿树湾路口的人，见了这条狗，都会这样说。我也这样说过几次。我还在柿子树下，守过它半天。狗是土黄狗，骨架较小，内耳一撮白毛，脑门一块白毛，腹部一长条状白毛，四个趾爪发黑，其余毛色棕黄。它蹲在一丛蓬散的芦苇边，昂着头，尾巴半卷在地。它一直蹲着，望着横在眼前的村道。村道是柏油路，乌黑黑，沿着山边由东向西而去，弯进一条高山之间渐渐隆起的山谷。路的北边是水稻田，一块连着一块，四季被菜蔬或水稻填满。路的南边是比土丘略高的矮山。矮山树木茂密，灌木四季郁郁葱葱。这是一条偏僻的村道，偶有汽车呼呼呼穿过。路人也不多。路

27

人也大多是本地人，有的挑担，有的拉车，有的闲荡，有的骑车。狗的眼睛水汪汪，圆圆的眼珠有两圈黄环。有人走过它身边，它皱皱鼻子，扇一下耳朵，继续望着村道。村道寂寞，如干涸的河。狗看着往来的人，也不叫，也不眝拉眼皮。狗不叫，树上两只乌鸦"呜呀，呜呀"叫得苍老起劲。我往树上抛一个石子，乌鸦仍不飞，叫得四野苍莽。

狗是敏秀的。乡下的狗没有名字。狗是谁家的，便称为"××的狗"或"××家的狗"。敏秀的家在路口西边的一棵大樟树下。这个叫柿子湾的小村子，只有十来户人烟，散落在山边。湾口向北而入，是一条石路，通往饶北河。日常，村子的房子大多半开着，或锁着。敏秀的房子，只有到了腊月才开，过了正月又被锁着。她的老公德钟随儿子去浙江义乌卖烧烤。

德钟以前是收菜籽榨油的。榨油车间建在柿子树旁边的一块荒地。他搭了一个木板房，盖石棉瓦，机器在黑咕隆咚的木板间，咕隆隆地响。敏秀把收在家里的菜籽背过去，榨出油了，一壶壶拎回家。一壶油二十斤，一斤八块钱。德钟去打工，是在家安生不下去。因为敏

秀死了。敏秀死得意外。一天早晨，天还没完全开亮，敏秀站在门口刷牙，仰着头哗哗地潜牙膏水，往后一倒，死了。她被一支箭射入额门，她呃呃呃地叫了几声，便没了声音。她刷牙的搪瓷牙缸，摔在地上，噗啷哐一声，惊动了还在床上的德钟，他大声叫："敏秀，敏秀。"没人应。他顾不上穿鞋，跑出门，看到敏秀倒在地上，箭羽还在颤动。狗站在村道上，对着一辆远去的摩托车一阵狂吠。

天下着细细密密的冬雨。德钟报了警，派出所警车和镇医院急救车半个小时就到了。医生翻了翻敏秀眼皮，探了探鼻息，说："人没用了，已经走了。"一个中年警察说："受害人是被箭射死的，等法医来验一验。"警察来了三个。在德钟的厅堂，警察开始做笔录。德钟瘫坐在地上，抱着敏秀，哭喊着："敏秀，到底是哪个怨神找上你啊，无故要你的命。"

杀一个人，要多大的怨恨。警察查了半个多月，查访了所有村民和敏秀的亲戚好友，也没查到丝毫有价值的线索。受害人心性善良，处事大方得体，与人无任何恩怨纠葛。箭是唯一的线索。可箭是一把自制的箭，箭

29

头是磨尖的硬铁，箭杆是芦苇秆，箭羽是五根公鸡毛。警察问村民，近些时间有人射鸟吗，有人鸡鸭丢失了吗，村民都说没有。

入冬，有找乐的人喜欢打鸟，也有职业偷狗的人偷狗。偷狗人骑摩托车来到村里，扔包子给狗吃。包子里有"三步倒"剧毒，狗吃了包子，走路摇摇晃晃，干渴无比，去找水喝，走到水边，没喝上水，便已倒毙。或者，偷狗人带一根粗麻绳，看到狗，抛绳圈套在狗脖子上，摩托车拖着狗跑。前几年，地下市场有弓弩卖，偷狗人持弓弩射杀在野外走荡的狗，或者在清晨、晚上入村，射杀狗。有一年，偷狗人去山湖村，经过一片田野，见一条狗扑在田里，弩箭射过去，狗大喊一声：谁想杀我啊。原来那不是狗，是一个男人扑在女人身上，弩箭射入男人臀部。偷狗人被村民暴打。

警察抓了八个职业偷狗人，也没搜查出箭或弩。

第二年，过了元宵，德钟随儿子去了义乌。在家里，德钟吃不下睡不着。坐上桌，他端起饭，想起自己的老婆，他扒一口饭，呜呜哭几声。饭里浇了冰水一样，咽

一口，心肺发冷。睡在床上，他又呜呜哭。他丈人劝他：生者好好生，还是随你儿子去义乌吧，有个照应。

锁了门，家里除了老鼠和蟑螂，便再无活物了。德钟抱着狗，又是一路默默垂泪。一个四十出头的男人，看起来，像个六十多岁的人。过了五天，他的狗又回到了村里。它蹲在柿树湾路口，望着来往的人。

从村里到义乌，有三百来公里，狗走路回来了。狗瘦了很多，腹部往内干瘪下去。狗以前不蹲路口，蹲在榨油板房前的大石块上，白天蹲，晚上也蹲。它很少叫。有人进了板房，拿了东西出来，它会叫：汪汪，汪汪，汪汪。德钟或敏秀不在，有人进板房，它会叫：汪汪汪汪，汪汪汪汪汪，汪汪汪汪汪汪汪。一声比一声高，一声比一声长。它就像一尊门神。凌晨了，狗回到家里。敏秀在屋檐下放了一个扁筐，筐里铺了柔软的稻草衣，狗睡在扁筐里。

这是一条讨人喜欢的狗。"敏秀啊，这条狗，你是从哪里抱来的？我也想去抱一条。"有人问。

"余家村春丽家抱来的。是春丽送的。"敏秀说。

春丽是一个喜欢养狗的人。春丽养了七条大狗。她

有一条土黄狗，一窝生了六条。敏秀去余家村卖油。春丽对敏秀说："母狗奶不了六条小狗，得送出两条，你要的话，抱一条去。"一条小狗刚刚开始睁眼，抬着软不耷拉的头，伸出淡红舌头，望着敏秀。敏秀一下子就喜欢上这条狗，随手抱起它，塞进围裙布兜。

狗是条公狗，它还不会走路。敏秀买来鲜奶喂它，白天喂四次、晚上喂两次。喂了七天，小狗开始跌跌撞撞走路。小狗爱玩耍，地上打滚，翻门槛，追小鸡。小狗好动，耗食大，一天得喂八次。小狗饿了，舔着敏秀脚后跟，抖着小尾巴，嗯呢嗯呢地叫。每次喂它，敏秀会对它说："别家人喂的东西不能吃哈。"小狗望着她，咕噜咕噜地吮鲜奶，吮完了，舔敏秀的手。

敏秀走哪儿，小狗也跟着。有时，小狗在敏秀前面撒着欢跑，似乎它知道敏秀去哪儿。敏秀种菜，它也去，在菜地边扒草玩。有一次，敏秀去后山挖刚破土的春笋，小狗竟然抓了一只山鸡。小狗才四个月大，咬着山鸡的翅膀，叼给敏秀。德钟说："这条狗还会自己打猎呢。"

村北是饶北河。敏秀的娘家在河对岸。她背扁篓送竹笋给她娘。小狗也跟她去。木桥下，有一群草鱼在斗

水。敏秀站在木桥上，看着鱼。河水没膝深，但湍急，水流哗哗。小狗突然跳下水，扑通一声，沉了下去。水流腾起小狗，往下游冲。小狗在水里一沉一浮。敏秀放下扁篓，跳下去，游了二十多米远，把小狗捞了上来。小狗抖着毛，甩着水，望着浑身湿透的敏秀，嗯呢嗯呢地叫。敏秀把小狗塞在扁篓，背回家，责骂它："水会淹死你的，命是你自己的，得看顾着自己的命。"小狗嗯呢嗯呢地叫，像个受了委屈的孩子。

狗八个月大时，有了成年狗的体型：骨架矮小，腿骨粗壮，耳朵直挺，尾短弯翘，毛顺色亮；尤其是一双眼睛，很有神，射出一股精亮的光。它是一条乖顺的狗。它守在榨油的木板房前，守着进出的人。木板房距敏秀家约两百米远，敏秀带饭给它吃。敏秀提着饭出门，狗会望着屋子，汪汪汪，叫几声。在郑坊街上开米面油店的大兴，每个星期会来买油，见了狗几次，很喜欢。大兴带生鲜鸡骨架来给狗吃。狗望着他，汪汪叫。敏秀说，除了我家人，谁给它食，它也不吃。敏秀抱起狗，摸着头，说："大兴老板是朋友，给你吃，你就吃吧。"狗绕

着大兴转两圈，吃鸡骨架，吃完了，它望着大兴，又汪汪叫两声。它舔大兴的裤脚，摇着尾巴。大兴来买油，都带面包或包子或鸡骨架给它吃。吃了几次后，狗支起身子抱他。大兴每次来，骑一辆电瓶三轮车，到了五百米外的入村公路桥，狗开始兴奋地叫，站在村道边，跳圈一样打转。有一次，狗突然一溜烟往公路桥方向跑，边跑边叫。敏秀站在木板房前，看着狗。狗跑得这么快，这么急，还是第一次。过了好一会儿，村道上来了一个人，说，大兴在桥头被车撞了，三轮车侧翻桥下，幸好没发生大事，只是摔断了一条胳膊。大兴被急救车拉去医院了，狗才回来。

有一个人来买油，敏秀和德钟都不在家。来人在木板房捡了一把扳手，塞进裤兜，坐在矮凳上等敏秀。买了油，来人提着壶回家。狗跟着他，一路叫。敏秀追了上来，笑着说："你知道我的狗，为什么一直在叫吗?"来人说："狗叫又不是人说话，我哪知道它叫什么。"敏秀说："我的狗会认自家东西。"来人不好意思，拿出扳手，说，你的狗是个精。

在木板房前，敏秀支起了一把遮阳篷，给狗遮雨防

风。狗也会在附近田野溜达，偶尔还会抓来黄鼠狼、斑鸠。它扑在草丛边，一个扑身，扑住黄鼠狼，咬住脖子，叼给敏秀。这一带，黄鼠狼多。

郑坊镇到上饶市有四十公里，班车半小时一趟。去上饶办事的人，一般早上去，办了事，吃个饭，再回来。女人吃了饭，还要去逛逛街，见个世面。敏秀每个月去一趟上饶，去看望她叔叔。她和叔叔亲。柿树湾距郑坊有四公里，对岸公路设了公交亭。班车进了郑坊，是一片开阔的田野。敏秀的狗，汪汪汪，兴奋地叫着，奔下石道，跑过木桥，穿过一片枫槐林，来到公交亭，摇着尾巴，看着班车开过来。班车停下来，走下一个拿着纸包的女人。女人打开纸包，给狗一个面包吃。狗磨蹭着女人的裤腿，嗯呢嗯呢地叫。

是的，狗每次准确无误地接敏秀回家。

可它再也接不到给它面包的女人了。它蹲在路口，瘦骨伶仃。村里有几个好心人想收养它，它进了门，又跑出来，蹲在路口。路口有一丛芦苇，芦苇丛里有一个水泥涵管，它在涵管里睡觉。也不知是谁，在涵管里，

给它铺了一个破棉袄。

雨季过后，它的身上开始长红斑癣。毛一撮撮地掉。掉了两个来月，腹部的毛掉光了。可能是涵管里比较潮，天开始闷热，虱子多。它的耳朵开始掉毛，它的尾巴开始掉毛。

村里来了一个收破烂的中年人，右瘸腿、腭裂唇。村里人叫他老森。老森是沙洲人，在木板房边的荒地，搭了木棚屋，收破烂。这里空阔，适合堆破烂。他见狗，瘦得像个老树根，给饭它吃。狗望着他，不下嘴。老森买来陈菜油，天天给狗刷红斑癣。陈菜油解毒。他坐在椅子上，抱着狗，给狗刷。每次刷狗，狗望着他。狗舔他的手，一边舔，一边望着他。他看见，它的眼睛里有一种晶晶莹莹的液体，眼泪一样的液体包着眼球。那双眼睛有黄金色的环，一圈一圈，有一股温泉喷出来。

给狗刷了一个星期陈菜油，狗不掉毛了。他给狗饭吃，狗也吃。他拉破烂去镇里卖，买一包鸡骨架或鸭骨架来。一包鸡骨架，狗吃三天。吃了一个月，狗壮实了起来，红斑癣也慢慢消退，长出了毛。老森用废脚盆，做了个狗窝，放在木棚屋里，给狗睡，可狗进去了就出

来，依旧睡在涵管里。

老森做饭，多做一碗，给狗吃。老森早上出门收破烂，中午回家；中午睡个小午觉，又出门收破烂，傍晚回家。他骑一辆电动三轮车，收废纸、废铁、废电线、废塑料瓶、易拉罐。狗远远看见老森骑着满载废品的三轮车，就站起身，汪汪汪地叫，尾巴摇出轮圈。老森瘸腿，不是腿骨坏了，是小腿门骨长了疔疮包。这个包，长了一年多，红肿着，压迫着血管，抽着痛。他也不去治，用自己采的草药包着。包了几服草药，也没效果，他也懒得理，忍着痛。他去医院问医生，医生说，做个疔疮切除，费用得千把块。他舍不得。他想，疔疮总得出脓头，出了头便好了。可他小腿的疔疮，偏偏不出头，焐酒一样焐着。可能是他走了一天的路，到了傍晚，疔疮火烧火燎，他坐在椅子上，撩起裤脚，用水浇在疔疮上。狗见他撩起裤脚，就舔他疔疮。狗舔了几分钟，疔疮不烧不燎，阴凉了下去。

狗舔了半个来月，老森的疔疮出脓头了。老森不瘸了，疔疮也没留下疤。老森抱起狗，说，我不痛了，多收些破烂，多买几包鸡骨架给你吃。老森一个月回沙洲

一次，把卖了破烂的钱交给老婆。老森收了一顶遮阳篷，他修整了一下，在柿树湾路口支起来，给狗遮雨。他知道，这条狗固执，即使是下瓢泼大雨，它也只是缩在涵管里，仍望着村道，留意着每一个路过的人。

入冬后，有外村来的偷狗人，扔包子给它，它也不吃；扔猪排给它，它也不吃。偷狗人向它抛绳圈，想套它脖子，它一跃而起，把偷狗人拉下摩托车，抓偷狗人脸。

年关了，老森要回沙洲过年了。他抱起它，问："怎么办呢？你吃什么呢？"狗望着他，舔他的手，汪汪汪，叫几声。老森端出一个破脸盆，摆在涵管里，对狗说："这一盆鸡骨架，你省着吃，我过两个星期才回来。"老森骑着电瓶车，沿着山边村道去沙洲。狗跟在车后，一路追着，汪汪汪地叫。车过了山湾的斜坡，狗才停下来。看不到车了，狗反身回来，蹲在路口。

老森回了沙洲，德钟回了柿树湾。狗早早站在公交亭。德钟和儿子提着行李下了车，狗支起了身子，汪汪汪地叫。德钟抱起了狗。狗嗯呢嗯呢地叫。"我的狗啊，我以为再也见不到你了。你还守着我的家。"德钟说。德

钟望望屋子，门前长出了稀稀的芦苇。

一年之中，独有农历十一月二十八这天，敏秀的狗会离开路口。这天是敏秀忌日。只有第一年忌日，德钟和他儿子回了村里上坟、祭祀。每年这天清晨，狗站在家门口，仰着头狂叫，汪汪汪，叫了一阵，在屋外四周转来转去。它皱着黑鼻子，伸出舌头，摇着尾巴。它用头蹭大门，蹭屋檐下的旧鞋，蹭水池旁的一钵兰花，蹭破竹筐。它小跑着，嗯呢嗯呢地叫着，沿着敏秀出殡时的线路，去敏秀的墓地。它沿着坟转几圈，站在墓碑前狂叫，望着远处的田野和饶北河。它蹲了下来，沉默地蹲到夜色来临。

又一年。

敏秀的狗还是蹲在路口。没人知道狗为什么蹲在路口，在守着什么，在望着什么。它蹲的姿势，还是那个样子。它不对路人乱叫，也不咬人。它也不去和别的狗玩。有村狗找它玩，它也只在柿子树底下玩。

老森来这里收了三年的破烂。有一天，老森对狗说："想换个地方收破烂，你怎么办呢？"狗看着他，垂着尾

巴。老森给它鸡骨架，它也不吃。过了一个月，老森拆自己的木棚屋，往三轮车上装。狗站在三轮车旁，望着老森，汪汪汪地叫着。

"狗啊，你别叫了，叫得我心发慌。你再叫，我就不拆了。可我真想换个地方，多收一些破烂。你以为我愿意离开这个地方啊。我不愿意啊。"老森说。

狗不叫了，望着他。狗的眼角淌着浑浊的液体。

老森走了。狗天天蹲在路口。

老森搬到镇郊一个废弃的加油站收破烂。每隔两天，他带一包鸡骨架来给狗吃。有时也带餐馆吃剩下的肉骨头。他提一大袋肉骨头来。他看着狗吃。狗吃饱了，对着他叫，嗯呢嗯呢地叫，摇着尾巴。

老森说："你是一条狗，我是一条狗。两条狗狗在一起。"老森属狗。狗不去破烂站。狗站在柿子树下等老森。在五里开外，它就站在树下，摇着翻毛卷的尾巴，汪汪汪，亲热地叫。老森来了，狗跳起来，围着他跳圈。它嗅嗅他翻上来的裤脚，嗅嗅他的衣角，舔舔他的手。

有一天，狗奔跑着，去了废弃的加油站，用头挤开门。老森躺在床上，狗跳了上去。老森骑车出了一身汗，

40

回来的路上淋了一身雨。他出了汗淋了雨，着凉了，烧得厉害。他在床上躺了半天。狗舔他的脸。脸热热的。狗跑下床，往镇医院跑。

一个医生在院子里晒被子。狗对着医生叫，汪汪汪。医生跺了一下脚，呵斥狗："我晒被子，你狂叫什么？"狗叫了一会儿，用牙齿拉医生的裤脚。医生一巴掌打下去，说："裤脚又不是骨头，有什么扯的？"狗松开嘴巴，继续叫。狗望着医生，汪汪汪，叫得他心里慌慌的。

狗边叫边看着门外。医生看看门外，除了行人，什么也没有。狗走出大门继续叫。医生跟着狗出了大门。狗带着医生去了废弃的加油站。医生看见了床上的老森，查看了老森的身体，说："老兄啊，你不是感冒，是出血热，再不及时抢救的话，你老命便没了。"

老森说，我身子软，下不了床。医生摸摸狗的脖子，说："狗狗啊，你不是狗狗，是佛。"

一年又一年。敏秀的狗对着镇，叫了三天。谁也不知道狗为什么破了嗓子叫。

狗叫，谁听得懂呢。只有疯狗对着一个方向叫得那

么凶。有人也叫，无人也叫；站着叫，坐着也叫。过了三天，一辆殡车在路口停下。躺在殡车里的人是德钟。德钟用燃气热水器洗澡，窗户没打开，煤气中毒死了。被儿子发现时，他身体都硬了，脸憋得黑黑的。

风水先生算了算日子，出殡时间还得过三天。殡棺搁在厅堂，凄风冷雨的样子，让人伤心。狗日夜睡在殡棺前，不叫不吃不动。它的眼睛看着每一个进来的人。它瘦弱的身子，像一个蒲团。

出殡之后，狗也睡在德钟的墓前。它无精打采。老森提了两个菜一瓶酒，供在墓碑下，对墓里的人说，你离开了柿树湾，狗留给了我，你回来了，却是阴阳两隔。狗狗望着老森，吐着舌头。老森打开一包骨头，狗狗看着，却不吃。

狗在墓地睡了四十九天，又回到了柿树湾路口。它很少走动了。它蹲在路边望着来来往往的车。它看起来，像一条老狗了。狗的眼睛里有一种碎蓝色，看起来很深邃，裹着深切的哀思。村里有两条母狗，是它的玩伴。它们互相追着跑。母狗来了，它往往叫几声，就不理它们了。

村里有一个很爱狗的人，叫烂壳。他养了八只土狗。烂壳见了敏秀的狗，很惊讶地说："这只狗的眼睛好深，是一只藏得住心事的狗。"村人里不以为然，反问烂壳："只有人才有心事，狗哪会有心事呢？那你问问敏秀的狗，藏了什么心事。"

"不懂狗的人，在狗的面前就是白痴。"烂壳说。

老森送了三次骨头来，见狗没了以前的亲昵，又少了活泼，便把狗抱起来，摸摸它的头，说："我陪你守在这里，陪八天，我不去收破烂了。"

天天蹲在路口，狗在守什么呢？村里人不明白。老森也不明白。有人觉得狗可怜，孤零零的一只，四野空空。有人觉得敏秀可怜，本来很受疼爱的，却家不像个家，狗也无处去了。狗恋这个没有窝的家。

有一天，路口不见狗了。在清早，天蒙蒙亮，河边洋槐上的苍鹭还没开始嘎嘎叫，狗就不见了。老森带了一包骨头来，没看到狗，他慌神了。他问村人。村人说："昨天狗都在的啊，狗会去了哪里呢？"

老森四处找，喊着"狗狗，狗狗"。他也没听到狗回

应。他自嘲地说："我又何必喊狗狗呢？它在的话，不用我喊，它也会远远跑来接我。"老森坐在涵管上等狗。他想，狗可能是饿了，自己去找食吃了。他知道，这条狗只吃他的东西，或自己找生食吃。等了老半天，狗也没回来。

"狗狗，狗狗。"老森骑着三轮车，骑到哪喊到哪。晌午过了，他还没见到狗。喊着喊着，老森哭了，哭得泪雨婆娑："狗狗啊，你去了哪里，也不告诉我一声。狗狗啊，我四处找你啊。你快出来吧。"

老森去村后的坟地，看见狗狗蹲在敏秀的墓前，对着墓碑发呆。老森一把抱住狗，说："你怎么到这里来了呢？"狗狗嗯呢嗯呢地叫，叫得让老森绝望。老森回到村里问，今天是什么日子呢？狗给敏秀上坟。

村人说："今天是敏秀的忌日，敏秀死了八年了。"

老森对着狗作揖，说："敏秀的儿子都没回来上坟，你是畜生，却还记得，狗啊狗啊，你怎么这样长情。"老森提了两个菜一瓶酒，去给敏秀上坟。老森对着墓里的人说："你养了一条这么忠诚的狗，你一辈子也值得了，人活一辈子图个什么呢？又图得到什么呢？狗的亲人就

是我的亲人，我给你上坟。"

自上坟之后，老森每天给狗送两包肉骨头或鸡架骨。他候在餐馆门口，等客人吃剩下的骨头。他用草纸包着骨头，塞进塑料袋，骑上车，来到柿树湾。

正月过了，老森的家人不让老森出来收破烂了。他老婆说，六十多岁的人了，还在外面风里来雨里去，无人照顾不说，村人的闲言碎语让孩子的脸面没地方搁。

老森说："破烂可以不收，可有一条狗，我得照看着。"

他老婆说："没有你，狗就会死啊。"

老森说："不是狗会死，而是我会憋死。我离不开那条狗。"

"不就是一条狗吗？孩子的脸面不如一条狗吗？"他老婆说。

老森说："这是两回事，没办法摆一块比，不是什么东西都可以摆一块比的。"

"那我问问你，你是要孩子脸面，还是要狗呢？"他老婆说。

老森说："这又不是做选择题，二选一，我说这个话的意思是，你得理解我。"

"那你理解我了吗？为了一条狗，让村人碎言碎语。"他老婆说。

"没有这条狗，我早死在外面了。我不能扔下狗。"老森捂住了自己的脸。

他老婆不说话了。隔了好一会儿，他老婆说："你去收破烂吧，这样的狗，世上少有。"

老森又回到废弃的加油站。他放下行李，骑一辆三轮车来到柿树湾，提着一个菜罐。打开菜罐，是热乎乎的排骨。那是他老婆做的。他老婆说："这么重情重义的狗，吃一罐好排骨，身子长得更壮实。"

狗吃着排骨，爬到了老森的大腿上，嗯呢嗯呢地叫。老森说："我骑不动三轮车的时候，你就跟我去沙洲吧，那可是个好地方啊。"狗看着他，晃着尾巴。

狗哪儿也不去。狗只蹲在路口。老森给狗喂了食，骑车去收破烂了。它奔跑着，追出几百步，又回到路口。

天热了，老森给狗洗澡。柿树湾有一条水渠，是从河里引过来，灌溉下游的田畈。狗扑通扑通地往水里跳，

抖一身的水花。老森也跳下去洗澡。洗了澡，带着狗在公路上跑十分钟。老森坐在涵管上喘气，狗蹲下来，看着他。老森抱起它放在大腿上，说："我和你是一世的冤孽，冤孽解不了结。"

敏秀的儿子两年没回家过年了。过年那几天，敏秀的狗蹲在门口守着。它昂着头，眼神灰暗。晚上了，它用头推大门，门推不开。它又去后门，用头咕隆咕隆地推门。它对着门，汪汪叫。它又对着窗户，汪汪叫。

它趴在窗台上，用爪子抓窗户玻璃。

它围着房子转圈走。走了，它又蹲在门口。

除夕夜，它夹着尾巴，一路小跑，去了敏秀的坟。它对着墓碑蹲着，汪汪汪汪地叫，叫得人心发毛。

清明节，敏秀的儿子回来扫墓。他下了公交车，狗就扑在他身上，嗯呐嗯呐轻叫。狗咬他衣角，咬他裤腿。在敏秀的墓前，他抱着狗哭："妈啊，我不如你养的这条狗，天天守着你。妈啊，我实在没办法，你体谅我，你保佑我，我生活压力太大了，我只有在外谋生。"

墓碑流着雨水。雨哗哗地下。坟头的毛茛又开了黄

色花。毛茛开遍了荒地和路边，开上每一座坟头。

扫了墓，他又回浙江了。屋子里的灰尘他还来不及打扫。窗台灰尘厚厚。水池灰尘厚厚。饭桌上灰尘厚厚。锅灶灰尘厚厚。床上灰尘厚厚。看到灰尘，他又无声泪下，哭喊着："妈啊，你走得太不明不白了，我愧对做你儿子的啊。"狗仰着头，看他。狗在屋子里穿来穿去，昂昂昂地叫。他想抱起狗，狗撵他，冲着他大口大口汪汪叫。

屋子又空了，门被锁着。

敏秀的儿子上了班车，走了。狗追着班车跑。狗渐渐落下了。狗还在跑。在公路跑，在田野跑。它一直跑。跑不动了，它蹲在敏秀的坟前，耷拉下脑袋，眼睛里分泌出透明纯净的液体。

过年的时候，老森也回了沙洲。狗显得特别孤单，似乎它是一只没有朋友没有玩伴的狗。它缩着身子，蹲在敏秀家门口。那个它曾经睡过的窝，早已被雨水霉烂了。有一个好心人在原来放狗窝的地方，铺了一个新狗窝，铺上了厚实的稻草和破棉絮。但敏秀的狗从不卧上去。

老森回了柿树湾，年节已过完了。狗围着老森，嗯呢嗯呢地叫。老森高高抱起它，亲它。年节过完，春季的雨水来了，绵绵长长，云山雾罩。枯黄的草又开始变青。枫杨树长出了一撮撮的嫩叶。喜鹊开始搭窝，整天叽叽地叫着。红嘴蓝鹊成双成对地飞来飞去。

河水慢慢上涨，鱼群逐流而上。四季徐徐而来。

又一年。年冬，雪来得特别早。天阴了两天，小雨下了三天，又阴了两天。北风凛冽。柿子还挂在树上，蒂还没霉烂，雪飘了起来。雪是小雪，碎碎地飘。飘了一天一夜，大地发白。过了两天，雪消融了，又下细雨，夹着呼呼北风。大雪开始纷飞。天寒地冻，风吹骨裂。柿子一夜落尽。清晨，天蒙蒙亮，透着雪光。一个骑摩托车的人，在柿树湾停下了车。狗从涵管里突然蹿了出来，往来人身上猛扑。来人是一个四十多岁的男人，穿着厚厚的棉袄。男人被突如其来、凶神般的狗，吓得仓皇而逃。狗追着他，也不叫。狗咧开嘴巴，龇起了牙。男人往田里逃跑，狗也追到田里去。男人摔倒在水坑里，狗扑上去，抓他的脸，咬他的手。狗患了疯魔症似的，

撕咬他。男人沿着村道跑，狗紧追他，低着头，一声不发，眼里射出令人胆寒的绿光。男人跑进桥头边一个杀狗场，想找一根木棍或钢管什么的，可滑倒在一个水洼里。

这一带，四周无人。唯有一个杀狗场。杀狗场有一间矮房，房内有一口大铁锅（用于烧热水）、几件铁器、木棍和八个铁笼（关狗）。矮房锁着门（杀狗人还没上班）。矮房右边，有一个两米五高的门架，门架顶上横着一根毛竹竿。竿头穿洞结了一根大拇指粗的麻绳，麻绳下垂一个落地绳圈，竿尾穿洞结一根大拇指粗的麻绳，绳头绑在一块拉力弹簧的铁夹上。竿头平时垂在地上，绳圈落在浑浊的水洼里。杀狗人骑一辆带铁笼的摩托车，笼里关着狗，来到杀狗场，把狗脖子套进绳圈，扳一下铁夹，弹簧压缩，绳子绷紧，竿尾下压，竿头竖起来，狗被活活吊死。杀狗人省时省力，运用杠杆原理，让狗死得无声无息。这个多雪的早晨，四野寂寂，竿头上吊着的不是狗，而是一个人。

吊着的人，被一个开电动三轮车进村卖菜的人发现，已是上午八点四十六分。警察来的时候，人还吊在竿头上，双脚伸得很直，身子直挺挺悬空，像一条鱼。他的

头往下耷，伸出长长的舌头，脸色乌黑。他浑身泥浆。他的衣服、头发，盖了一层薄雪。警察现场勘查，也没发现死者与人搏斗的痕迹，身上也没因外力重击的致命伤，刀口也没一个，仅仅是死者脸部、脖子、手背等处，有动物的抓伤、咬伤。但又不像是自杀，因为上吊的人，无法独自使用这个杠杆。警察扩大了搜索范围，在柿树湾发现了一辆摩托车，车后座挂了一个帆布包，包里有铁锤、蛇纹袋、三个肉包和一把自制的弓箭。箭头是磨尖的硬铁，箭杆是芦苇秆，箭羽是公鸡毛。这是一个职业偷狗人的作案工具。警察取了死者的物证，想起五年前，村子有一个叫敏秀的女人，就是被这样的箭射死的。

死者是临湖镇人，平时以捕鱼、打山麂、打野猪为生，冬季职业偷狗，家境一般，家庭和睦，与他人无恩怨、无财产纠纷。这个偷狗人，怎么会吊死在杀狗场上呢？怎么吊死的呢？案子又成了一桩谜案。

在柿树湾路口，再也没见过敏秀的狗了。狗去了镇郊废弃的加油站。老森去收破烂，它也跟着去，一路小跑。在床下，老森用大木脚盆铺了稻草窝，老森睡床上，狗睡脚盆。天开亮，狗汪汪叫两声，莫名地兴奋。

圣　鹿

　　一头小鹿爬上厅堂的饭桌，啃香蕉吃，被午睡起床的明启看见了。他刚踏出厢房门，见小鹿嘴巴里塞着香蕉，吃得津津有味。小鹿见了人，迟疑了一下，继续啃，一截香蕉啃完了，又咬了一根香蕉。明启走到桌边，伸出手，想摸摸小鹿的下巴，小鹿跳下凳子，惊慌地往屋外的山林跑去。

　　明启是河南信阳人，来雁坞生活有三年多了。他是一个久病的人。在雁坞生活的七个人，都是久病的人。至于谁得了什么病，只有自己清楚，甚至自己也不清楚。病是一种奇怪的东西，有时候没办法诠释。

　　两条自北向南斜缓下去的山梁，夹出了一个狭长的山坞。某一年，大雁向南迁徙，嘎嘎嘎的雁声如暴雨飘

落山谷。有一只大雁因翅膀被风所伤，而暂落于谷中山塘，长鸣三日，它的伴侣反身伴游，成双成对戏水觅食，繁衍生息。山坞因此得名雁坞。雁坞有人烟七户，山田数十亩。一九八八年，雁坞人外迁至四华里外的公路边，山田荒落，芒草丛生，瓦房破败。二〇〇七年，主持兴修太平圣寺的妇人徐氏，见雁坞瓦房和田产败落，从山民手中流转过来，对民房着手修缮，在网上招收生态养生者，要求入居时间不低于一年，免费提供屋舍、山田。第一年来了两人，第二年来了五人。

雁坞远离集市和公路，无商店无诊所，通电通网络，通土公路。这里树木茂密，饮水洁净，适合养病。来的七人都是久病的中壮年人，三男四女，各居一栋瓦房。他们来自湖北、河南、山东、吉林。有的人住了两年，返乡了，空出的瓦房又来了养生者。有的人一直住在雁坞，过年也不回去。养生者欲入居逾百，在排着队，等待有屋子空出来。徐氏又把坳头村的十几栋瓦房流转过来，修缮，供外人使用。

太平圣寺与雁坞、坳头，呈三角之势，有土公路互联，即使是步行，也仅需一刻钟。养生者自己种水稻种

菜种黄豆，自己榨油，自己酿酒制豆酱，自己养猪养鸡鸭。他们与外界没有交往，甚至与家人都很少交流。明启第一个入居雁坞。

山坞野猪多，他是常见的。他见过大野猪带着七八头小野猪在翻藕吃。大野猪跳下烂田，嘴巴拱烂泥，拱出鲜嫩的白藕，唝着吃。他吓坏了，他爬上田埂往屋里跑。有一次，他把番薯堆在养猪的茅棚里，野猪也去吃。他拿着棍子，想打野猪。野猪扇了扇大肥耳，向他瞭眼，哄哄哄地叫。他撒腿跑进屋里。可他没见过小鹿。这是他第一次见到了这种名为黄麂的小鹿。

有一次，一个来山里挖草药的人，有七十来岁了，在明启家搭膳午饭。挖药人对明启说："村里有人藏了黄麂骨吗？我收黄麂骨。"

"黄麂？我没听说过，见了也不知道。长的啥样子？"明启有些疑惑。

"南方小鹿的一种，皮毛红棕，雄麂长两只小鹿角，雌麂不长鹿角。这一带，黄麂很多，叫声像狗又像鸭。黄麂因此也叫吠鹿。"

"黄麂骨很值钱吗？"

"黄麂骨磨粉，给孩子吃，孩子长得高。"

"人只有一条命，黄麂也只有一条命，动物不能随便杀害。我是一个不敢杀鸡杀鱼的人，何况屋后就是太平圣寺，菩萨在看着呢。"明启说。

挖药人每年来山中两次，每次都在他家搭膳。他见了小鹿后的一个月，挖药人又来了。他对挖药人说："黄麂来了我厅堂，很友善，吃了好几根香蕉。"

挖药人说："黄麂乱闯进了屋子是有的，可进屋子吃东西，还是第一次听说。"

明启说："说来奇怪，黄麂跑出屋子，还回头两次看我，我当时很激动。可这一个来月了，它再也不来了。"

"这是莫大的缘分。兴许才开始了缘起。后面的事谁说得清呢。"挖药人说。

半年过去了，黄麂还没出现过。在夜深时，明启经常听到山边有喔喔喔的叫声，像狗叫又像鸭叫。嗯。这是黄麂在叫。叫声离村子很近。有时候，这几天在东边山窝叫，过几天在西边山窝叫。叫声绵柔，节奏短促。他站在屋前院子看着山窝。他用手电照一下山窝，叫声

便停歇了。明启想，黄麂真是既敏感又聪明的动物。

山塘下有一块沙地，明启在沙地里种上了花生。山坞所种植的农作物，都是他们自己育种。花生是土花生。九月，收花生了。他收了满满一箩筐。夜里，他听到窗外有啃花生的声音。箩筐加了竹编盖子盖着，老鼠爬不进去，那会是什么动物在偷吃呢？他披衣起床，灯亮开，啃花生的声音没了。他站了一会儿，又没听到什么响动。他又睡下去。第二天起床，他发现箩筐盖被翻落了，花生少了，地上又没花生壳，抖落的花生泥倒有不少。

花生撒在两张大圆匾上，晒在屋顶。花生晒上八天，水分便抽干了。早上端上去，晚上收下来，搁在两条长板凳上过夜。有一天深夜，他听到了有人在推自己的门，门闩在咯吱咯吱作响，但门始终没推开。生活在雁坞的七个人，晚上八点以后，便无人亮灯了。早睡早起，是他们的生活习惯，也是他们信奉的修养信念之一。他问了一声："谁找我啊，这么晚了，有什么急事吗？"

无人应答。推门声也没了。他侧耳听，也没听出其他动静。是不是自己有幻觉呢？有一阵子，他经常产生幻觉，老觉得有人叫他。他回头一看，一个鬼影也没有。

他还听到了他前妻对他说："天冷了，记得加衣服。"他患病第三年，他前妻和他办了离婚，已十余年了。他以前是个油漆匠，做了二十多年的油漆。他脸黄黄的，有些肿胀。他去了很多上海、北京的医院就医，都查不出病因。医生说，查不出病因的病最可怕，胆红素代谢出现了问题是肯定的，为什么会有代谢障碍，不得而知。他服用降胆红素的药，服用了一年多，也没什么效果。他停止了服用。哪有那么多钱呢？天下雪了，他偎在火桶边烤火，他前妻对他说："我没能力照顾你啊，你也没能力照顾我和孩子，你在外面，记得天冷多加衣。"他四顾惘然，屋子别无他人，他流下了滚热的泪水。

是谁推门呢？他端着粥，去串门，问了其他养生者，都说昨夜早睡了，没推门，推门得先喊名字啊，不然还以为来窃贼呢。我们生活在这样一个山光水净的地方，没一件值钱的东西，谁会来盗窃？明启这样想。

又过了两天，夜里又有了推门声。他轻手轻脚开了后门，拿着一根铁条，贴墙边走向大门。他挨着墙角，看见一头没长鹿角的黄麂用头顶木门，门轴咿呀咿呀，门闩咯吱咯吱。他无声地发笑。

黄麂爱吃花生。明启夜里不闩门了，虚掩着。他撒了一斤多花生在厅堂，等黄麂来吃。他开了厢房的门，靠在床头打瞌睡。等了三个晚上，黄麂也没来。

一日清晨，明启去山边的菜地拔青豆。他种了三块地的大豆。青豆完全饱满了，拔三株，可以剥一碗，切青椒小炒，是他百吃不厌的。他坐在厅堂剥，凳子上摆一个碗，低着头，指甲剜开豆荚剥，豆豆青青，水色充沛。他还没走到地头，看见豆秆在动。豆秆摇动得厉害，他捡了一个石块扔过去，一头棕黄的黄麂惊慌地抬起头，见了人，它一跃一跃地跑走了。他察看了一下，有一垄豆子被黄麂踩倒了，有十几株豆子被吃得精光，叶子也吃了。

前些时候，他就发现有豆子被吃了。兔子和松鼠也吃豆子，但不吃豆叶。他还以为是獾吃了的。黄麂还真贪吃。他砍了桂竹，编了两米高的竹篱笆，围了豆子地。

拔豆子了，他多拔三株，放在门口过夜。放了两次，豆子被吃了，啃了一地的豆壳，叶子也没吃。这是老鼠吃的。他便把豆秆用一个麻线捆起来，挂在晾衣杆上。挂了几次，黄麂也没吃。

春节了，屋主来看自己的老房子，提了三斤香蕉、三斤脐橙当伴手礼。屋主七十来岁，随儿子生活在上饶市。屋主是个质朴厚道的人，每年春节都要来看看明启，说："我这个老房子多亏了你照料，房子三年不住人，便破败了。老房子还在，我也有了念想，外面再好，都不如一栋老房子好。"

明启陪着屋主在四周山边走走。雁坞有一条直通山外的石头铺的山道，因多年没有走，芒草丛生，灌木比人高。屋主走着山道，又说："世世代代走的路长满了草，心里荒凉，心里也幽静。"他说起年轻时挑木柴去山外卖，卖了钱，买农具回来。那个时候是真苦，可又不觉得苦，雁坞虽贫窭，但养人。明启也嗯嗯地应着。明启说："在这里生活了几年，我哪儿也不想去了，这个地方清净，适合我这样的人生活，活到哪年算哪年。"

"不能有这样的想法。你还年轻呢。我七十多岁了，我还想多活几年呢。花花世界花花目。世界是用来看的。在世上走一遭，都是来看看世界。人是天上的鸟儿，飞不动了会掉下来，飞得动就要飞高飞远。以后我老得走

不动了，我也回到雁坞。我的根在这里。"屋主说。

屋主喝了茶，便走了。明启陪他走到了镇上。在回来的路上，明启心里有些凄惶。他是一个有家无归的人。住在雁坞的人，都是有家无归的人。他们各干各的活，各吃各的饭。只有端午、中秋、过年，七个人才共一桌吃饭。只有收割稻子了，他们才在一起干活。谁做了豆腐，给每人送一块过去。没干活的时候，他们坐在院子里喝茶说话，或者散步。他们大部分时间在散步，在爬山。山只有海拔四百来米高，走走歇歇。山上多阔叶灌木、刺棘、芒草、芭茅。

来回走了十几路，明启有些累，热了碗饭吃，倒头便睡了，门也没关，碗也没洗。他做了一个梦。他梦见自己被别人刷了油漆，脸上身上全是白油漆。他浑身痒，他抓痒，双手并用，抓出了血泡，血泡溃疡。一只山麂伸出淡红淡黄的舌头，舔他血泡。它舔过的血泡收了创口，恢复如初。明启从大汗淋漓中醒来。他坐了起来，天有些发白。水朦胧的天色倒映着青山。他看见黄麂站在长板凳上靠在桌沿，吃香蕉。黄麂约一米身长，体重约二十公斤，没有长鹿角，它用唇部叼起香蕉，横在嘴

巴啃食。它吃得很快，吃得很专注。屋子昏暗，他看不清山麂的脸部。

它吃完了香蕉，跳下桌，在厅堂站了一会儿，一个纵跃，跳出了门槛，向山中跑去。明启看着它跳下田埂，穿过紫云英花开的稻田，往油茶林奔去。

那是一片无人打理的油茶林，蕨、茅草、金樱子很密匝。明启沿着黄麂的足印上了油茶林。他第一次认出了黄麂足印，偶蹄并如一对鞋楦，拳头大，深深陷入泥里。在低矮的茅草丛中，他发现了一堆黑色动物粪便。粪便还是新鲜的，松软湿润，呈丸状。他沿着山坡走，发现了好几处动物粪便，有的已晒硬了，模样和核桃差不多。他有些兴奋。他包了一颗"黑丸子"带回来。说是动物粪便，却有一股草香，色泽也光鲜。

油茶林可能是黄麂的窝，要不也不会晚上常有黄麂的叫声。

明启和其他养生者说："凌晨有黄麂来厅堂吃香蕉了，吃得很利索。"他们都很惊奇，说："山麂几次推你的门，是和你相惜呢。"

明启说："我得好生待它。"

在山塘右边，有一块七八亩大的番薯地，已多年无人耕种了，长了很多荒草和地锦。明启请拖拉机手，把荒地翻耕了出来，撒了豆种。他割了三天的蕨，铺在地上。铺了蕨或茅草的地，不会长草。这么大的地，一个人种不了，任由豆子自己长吧。只要不长草，豆子就会结豆荚，出好豆。守太平圣寺的长脚师父见这么多地种了豆子，问明启："至少出产两担黄豆，哪吃得完，可以卖一些出去。"

"能收多少就收多少，收了豆子再说。"明启说。

山塘离村子很近，走十分钟的脚程便到了。饮用水也是从山塘以空竹引涧入各家各户。水清澈，是地下泡泉涌上来的，冬暖夏凉，四季丰沛。

黄豆有三种生长期，分别为六十天、九十天、一百二十天。一百二十天生长期的黄豆是赣东土黄豆，豆秆矮小，耐旱耐湿，叶茎节口挂满了豆荚。这种黄豆晒出来，颗粒小，但饱满圆润，有黄铜色泽。当地人称此豆为铜豆。八月，豆荚鼓鼓的。每一个豆荚似乎有孕在身。明启去了几次豆地，发现有黄麂来吃豆子。他看足印和地上的粪便，便知道了。他有些欣喜。

虽然他近距离见了几次黄麂，可他还没真切地看过它。他在山塘边，搭了一个高高的草棚，既可以守豆，免得被野猪破坏，又可看到黄麂。

一个地方（如一块庄稼地，一截河道，一座山梁，一片屋顶，一棵树，一口野塘）成了食场，吃了食的动物便会三番五次来找吃的。

明启在草棚夜宿。夜宿了十几天，黄麂也没来。野猪也没来。他不打算再去草棚了，那里蚊子太多。蚊子是大头蚊子，脚细长，叮在皮肤上长红疹。他摇着蒲扇睡觉，熟睡不了。

一日，他送西瓜去寺庙。他种了两分地的西瓜。他自小种瓜，干这事很在行。这是最后一批瓜了。瓜皮薄，瓢甜蜜蜜，又不太粉。寺庙里的人对雁坞的养生者颇多照顾。他们的电路坏了，是寺庙里的人来修；瓦漏雨了，是寺庙里的人来加瓦。他们断药了，也由寺庙里的人代买。他送了瓜回来，已是夜幕降临。八月的山中夜幕，并不昏暗，也不浑浊，而是一种瓦蓝色的透明，光色如水印。远处的山峰，最后一片红云在烧，烧出灰黑的天

际线。他去豆地看看。

在山塘边，明启看到豆秆在摇动。他猫着腰，蹑手蹑脚地走进去。是黄麂在吃豆子。他看清楚了。黄麂的下腹有些鼓。它伸出舌头撩豆荚入嘴巴，上颌的犬齿呈斧头形，粗长却不成獠牙，磨豆子一样嚼食物。这是一头没有鹿角的黄麂，狭长的脸门呈上宽下窄的梯形，毛色微黑，泪窝像一个掏空的扁豆荚。它的背部毛色暗褐，腹部毛色灰白，下颏部和咽部毛色淡白，后腹是淡黄色渐变到白色，身体呈赭褐色。

黄麂抬起头，望了望四周，看见了明启。它怔怔地望着突然出现的明启。明启站了起来，微微笑。黄麂纵跃了一下，跳到另一垄地，回望。它不吃豆子，又不跑走。明启退身下来，站在山塘堤坝上。这是一个俯视的视角，他可以看到黄麂，但黄麂看不到他。

黄麂在晨昏或夜间单独活动。无论是雄麂还是雌麂，都会有自己的窝，无论走了多远的路外出觅食，都会回到自己的窝睡觉。自己见了三次的黄麂，会不会是同一头麂子呢？如果是同一头黄麂，那我和它的缘分不薄。明启心里这样想。

又一春。春风更冷，山塘的水面蒸腾着白汽。其中的一个养生者，已在雁坞生活了四年多。他是湖南人。他们称呼他老辣椒。他六十来岁，是一个冠心病患者。他熬不了。他熬过冬，却熬不过春。他死在元宵夜。到了第二天中午，他才被明启发现。他上午没开门，中午了，烟囱也没冒烟。明启敲他门，屋里一点响动也没有。明启唤了两个人来，撬了门闩，进了屋，发现老辣椒横在床上。明启去太平圣寺报丧。寺庙有老辣椒家里的联系方式。寺庙的管事联系了他家人。他家人说："人都死了，还报什么丧信，哪里死埋哪里吧。"

管事挂完了电话，泪水直流。管事说："他家人说的话比他死了更让我难受。"

老辣椒的后事由管事料理。管事很是伤心，抱着老辣椒的头，给他剃头，沙哑地说："你何苦来世上走一遭。"

这是在雁坞去世的第一个养生者。每一个人都很悲伤。悲伤不仅仅是因为老辣椒病故。他们都是养生者，都是久病的人。生命的山道特别叵测，诡异，让人忐忑不安。似乎他们都是身处悬崖的人，稍一松手，便会

下坠。

料理了后事，明启伏在饭桌上，给家人写了一封信。这是他有生以来第一次写信。他只读了初中，文化水平不高，他写了三五句，又把纸揉皱了。有些字写不来，他全忘了。他从未有过地想念前妻和儿子。他的儿子已成家了，和他多年没有往来。一个没有尽到为父之责的人，很难得到孩子的理解。他伏在桌上，呜呜呜地哭了起来。

信，最终没写。他不知道说什么。这么多年，他习惯了不表达。雁坞的养生者都不喜欢说话。他们的处境和内心秘密以神色、眼神、处方告诉人。

春雪又大又厚。这是第一场春雪。雪覆盖了雁坞。梨树的芽苞裹着雪。没有收上来的萝卜，被雪冻坏了，烂在地里。他踏着雪，去曾发现了黄麂粪便的油茶林。雪光明净，山川更显得寥廓。黄腊梅在一栋倒塌的老屋废墟上，寂寞盎然地盛开。他心情舒畅了许多。他想起自己的信阳家里，也有这样一株黄腊梅，从屋角撑开。那是他母亲嫁给他父亲那年种下的。他的双亲已不在多年。

他站在一棵黄檫树下，往山窝里看，他激动坏了。他看见黄麂在雪地里分娩。

母鹿舔着裹在幼崽身上的黏膜（胞衣）。黏膜白白的，如一张无孔蛛网。幼崽黑黑，躺在草丛里，嘴巴一张一翕，蹬着后腿，眼睑被黏液蒙得睁不开。母鹿想站起来，晃了晃身子，又颓然地躺下了。母鹿太虚弱了。它用尽了力气，把幼崽生了下来。它舔着幼崽的嘴巴，舔着幼崽的鼻子，舔着幼崽的眼睛。它用脚撑着幼崽的臀部，欲撑幼崽站起来。

明启从屋子舀了半圆匾的黄豆，放在山窝一块平地上。草芽被雪覆盖了，黄麂觅食较为困难。黄麂是非常谨慎、爱安静的动物。被人惊扰了，它就会挪窝离去，会一直沿着山梁跑，跑去十几华里外的地方，找另一个僻静的山窝生活。明启有些忐忑，记挂着黄麂能否吃上黄豆。每隔半天，他去一次油茶林，远远地看那块圆匾。

过了两天，他去收圆匾，豆子一粒不剩。他也没看到黄麂。他又端了半圆匾黄豆去。

幼鹿出生，两个小时即可站立，睁开眼睛，围着母

麂舔奶水吃。母麂护犊子深切，无论哪种体形较大的动物接近幼麂，它会蹦跳起来，踢或撞对方。黄麂是独居动物，有较强的领地意识，以尿液标识领地。母麂带幼麂约七个月，幼麂独立生活，一岁性成熟。吃奶期间，母幼形影不离。明启站在山梁，往下望，常看见母幼在山窝吃草。初春，草叶嫩绿，芽尖细黄。

豌豆开花了。一日，明启睡得沉，他恍恍惚惚，似乎听到有谁在撞门，哐当哐当。夜深，天黑如浓浆。门撞得很激烈。他听得真切，但又像在梦里。他听到门哗啦一下，被撞开了，继而，房门又被谁在撞，咕咚咕咚。他拉开灯，见一只大黄麂站在门口，望着他。黄麂"哦儿，哦儿"地叫着，往屋外跑去。一股被烧的塑料味扑来，让明启冷不丁地打了个喷嚏。他皱皱鼻子，发现塑料焦味是余屋（非主屋的屋舍称余屋）传过来的。他打开后门，看见厨房失火了，火光透出了小小的窗户，瓦缝冒出浓浓黑红的烟。他拎起水桶，往余屋里泼水，大声叫喊："快来救火啊，火烧房屋啊。"

灭了火，已是凌晨了。五个打火的人坐在屋里，被吓得脊背发凉。余屋毗邻主屋，屋后又是茅草山。七间

瓦屋依山相邻，主屋若烧起来了，雁坞将片瓦不存。

"深更半夜的，厨房怎么会烧了呢？"明启想起来了，他在灶膛下煨马铃薯吃，忘记盖灰遮火星了。火星燃起了木柴屑，慢慢烧了起来。

要不是有黄麂敲门，烧了房子不说，还说不定出人命了，明启心里这样想。谁承想，黄麂救了人，救了雁坞。生活在雁坞的人，和来雁坞走走的人，都为这头黄麂惊叹。相邻村镇的人都知道了雁坞有一头黄麂会敲门，"哦儿，哦儿"地喊人救火。

有一天，一个中年男人背一个帆布袋，拿着一个榔头，来到雁坞。他很好奇地问雁坞人有关黄麂的事。雁坞人也诚实地回答。雁坞人问他是干什么的。他也只是笑笑。问了话，中年男人穿山绕坞地慢走，走走看看，走走停停。他翻开的衣领像一副熏大肠。

走了一个上午，他回去了。他的榔头插在帆布袋里，沉沉地下坠。明启拿了一把铁锹，沿着那个中年男人走过的山坞，走了一圈。

第二天早上，那个中年男人又去了山坞，转了一大圈，在山塘边问明启："你看到谁去了附近几个山坞吗？"

谁会去山坞呢？山坞除了茅草杂木，还有什么啊？你为什么这样问呢？明启斜着眼看他。明启一边回话一边给花生地拔草。

那个中年男人哼哼哼地鼻子哼气，啥话也不说。

明启知道那个中年男人是干啥的。他在有黄麂蹄印或粪便的草丛和草径，设了十三副铁套子，还在油茶树林设了五副绳套。他是来捕黄麂的。黄麂肉值钱，附近村镇有人在打黄麂的主意。明启见他神神秘秘、眼神躲闪的样子，就知道他没啥好事可干的。明启把他设的铁套子和绳套破坏了，埋在一个泥坑里。

隔了一个星期，那个中年男人又来了，背着帆布袋，拿着榔头，去了附近几个山坞。趁他走了，明启又去破坏套子。明启正在埋套子，被那个中年男人当场逮住了。他抓着明启的衣襟，嘴唇哆嗦，说："我就知道是你挖了我的套子，你这个不干好事的人。"

"说清楚，到底谁不干好事？你就是来捕黄麂的，我就是要破坏。"明启反拉着中年男人的衣襟，不甘示弱。

"黄麂又不是你家的，你凭什么破坏我的事？"中年男人说。

"不是我家的，难道是你家的？黄麂是雁坞的，天天在雁坞。是雁坞的，我就不能让你抓走。"明启说。

争执了一会儿，雁坞人听到了争吵声，跑去了。他们知道那个中年男人在闹事。见了人来，中年男人往山垄外跑。明启被他重重打了两拳，脸上肿了红块。

在雁坞居住的生态养生者，有七人，其中有两人在雁坞病故。有一个脾脏肿胀者在雁坞居住了三年，病不治而愈。有人回了老家，也有人离开了雁坞却不知去了哪儿。明启自来了雁坞，再也没离开。他的病痊愈了。他种了七亩大豆和花生。他还种荞麦。这里种的农作物都是自己育种的，不用化肥不打农药。他养了三十二箱蜂。这是他的生活来源。他几乎不离开雁坞，用他的话说："这个世界，还有哪个地方值得我去呢？"

黄麂常常出现在雁坞的豆田、花生地、院子、山塘。雁坞人在种菜，黄麂在菜地溜达。它不畏惧雁坞人。雁坞人手托一根香蕉，或摊一把花生，黄麂就咕嘟咕嘟啃食起来。但它从不在院子或草垛过夜。不认识黄麂的人，还以为它是长开了骨架的黄牛崽。

有一次，明启得了急性出血热，去镇医院住院了七天。他回雁坞，站在岭上的方亭，看见黄麂卧在他屋檐下，四肢伸直，晒着太阳。他站了好一会儿。在几年前，他养过一条黄土狗，骨架大，隆背长腿，竖耳晃尾。黄土狗养了两年，他把狗送走了。黄麂怕狗。狗汪汪汪，狂吠几声，黄麂落荒而逃。狗不咬人，也不咬其他动物，它只是警觉，有异样动静了就狂吠。雁坞没有狗，也没有猫。

黄麂是胆怯的动物，非常警觉，脾气暴躁。关在屋里的黄麂，会自己撞墙而死。这是山里人都知道的事。山里人不知道的是，雁坞的黄麂怎么都不畏惧雁坞人呢？

山塘边有一棵百年香椿树倒了。寿终而亡。过了两年，香椿树脱皮，裸露出褐黄浆色。七个雁坞人把树根盘了下来。树根粗长，四支粗根须拱起鼓鼓的大树肉。树根立在村口的大石块上，如一头酣睡的牛犊。一日，一个来雁坞游玩的人见了树根，长久地凝视。他对明启说："这个树根是个好东西，做一个动物造型的茶桌再好不过了。"

明启说："香椿又不是酸枝、红豆杉，做了茶桌也卖

72

不出好价钱。"

"老香椿不开裂，浆色不逊色红木，做老茶桌可好了。"客人说。

客人这样说了，明启有些动心，说："雕刻师工价贵，哪雕得起呢!"

"我就是做木雕的，要不卖给我吧!"客人说。

"这个树根是雁坞的，不是哪一个人的，谁都不好做主。老香椿这么好，我想雕一只黄麂呢，你看它多像一只黄麂啊。"明启说。

两个人很有话说，说了半个上午。客人说："你们虽是外地人，久病之后才来到雁坞，祈着福缘，黄麂与你们如此结缘，我收个低工价给你们雕一只黄麂吧。"

黄麂雕好了，明启给它搭了一个木亭。木亭四角飞檐，盖石瓦。木亭取名"鹿回头"。

明启熬了生漆，买来桐油，给木雕上色。他本来就是个油漆匠。他给木雕刷桐油，刷着刷着，他哭了。他多少年没刷过桐油了。他曾在浙江、江苏一带做了那么多年油漆，走街串村，为了生计，年年奔波。他来到了雁坞，像一棵树一样活着，像一只山鼠一样活着。除了

一个肉身，他什么都没有。

说来也奇怪。明启自见到母麂雪地分娩之后，他的身子恢复得很快。自己的饭量，自己的脚力和体力，他明显感觉到变化。他很喜欢夜间黄麂叫。黄麂的叫声低低而洪亮，有山野的粗犷和草木的细腻。他听得心里暖暖的。尤其是黄麂的求偶声，让他心潮澎湃。似生命在召唤他。当黄麂在叫，他便打开窗户，静静地站在窗前，望着对面的山窝。月色轻轻笼罩，山峦黧黑，星斗翻转。他的心也明亮起来，月光翻涌。

不是每一个夜晚，黄麂都会叫。

黄麂为什么只在晚上叫呢？他不明白。

一年之中，会有好几个晚上，黄麂会推开他的门。他的门虚掩着。黄麂蹬上凳子吃桌上的花生或黄豆，偶尔还吃上香蕉。

守林员老胜是经常去雁坞的。他有脚疾，患了骨髓炎。骨髓炎治好了，却脚用不了力，留下了瘸的后遗症。他是个乐观的人，满口烟牙。每个星期，他要巡山一遍，看看哪个山坞有哪些树被砍了。他去了雁坞，和明启喝

一会儿茶。他对明启说："这几年，雁坞的树长得很快，黄麂会越来越多，黄麂多，山就变成了神山，生活在神山里的人叫神仙。"

明启被老胜说得笑了起来，说："神仙日日承受凡胎的肉身之苦。"

"你不能这样说。肉身之苦是命定的，神仙之福是修炼出来的。雁坞可是个修炼的好地方。"老胜不以为然地摆摆手，说。

"这个话，我认。雁成仙的地方就是神居的地方。"明启说。

"我走山走得多，雁坞有大气象，两边山梁像两条长龙腾空，背靠大山，山形朝南。山垄平坦，田多地肥。黄麂不在这样的地方生活，还去哪里生活？这里的黄麂会越来越多。"老胜说。

"怪不得黄麂天天在叫，叫得我心里发痒。"明启说。

"黄麂有胎不离身之说，你知道吗？"老胜说。

"听人说过。黄麂生育旺盛，是黄麂之福，也是雁坞之福。"明启说。

喝了茶，老胜还在明启这里吃一餐中午饭。老胜自

己带菜带酒。老胜自己下厨。喝了杯小酒，他又瘸着脚，在雁坞走一圈。每次离开雁坞，老胜不忘对明启嘱咐："黄麂千万别被人偷猎了，山中黄麂如家中老人，好好看护。"

因为黄麂，明启有了很多事做。他种黄豆，种玉米，种花生，种豌豆，种黄瓜，种番薯，种马铃薯。四季的吃食，他都种一些。他自己吃，也种给黄麂吃。

同在雁坞生活的生态养生者，其中有三人和明启一起种。有剩余的物产，他们卖给来村里游玩的人。他们有一个小型商场，专门卖雁坞特产，价格不菲。也有不种的人，或因体力不够，或因想法有异。想法有异的人说："活到什么时候都不知道，还操心那些事干什么。"

这是一个非常特殊的群体，一个曾经或正处于绝望的群体。他们远离家人远离朋友，远离人群的浪潮，退守在一个鹿鸣月明的山坞里。他们是一群自救的人，虽然其中有人放弃了自救。放弃了自救的人，又会再次自救。他们的自救就是重燃生活之火。

生活之火熄灭，才是最可怕的绝症。

主持兴修太平圣寺的妇人徐氏在当年，怎么想到在

雁坞创建"生态养生者"实施计划？无人知晓。她生活在广东。她很少来寺庙。为此，她变卖了大部分家产。辛丑年清明，她回了寺庙一趟，去了雁坞。居住在雁坞的人，她一个也不认识。雁坞的人也不认识她，只见一个背棉布翻口袋的中年妇人，身材高挑，戴一顶黑色太阳帽，穿一件黑色长披风，从山塘边小路走下来，和一个个人亲切地打招呼。她去每一家喝茶、聊天。他们才知道，这个说话语速很快的人，就是为他们提供屋舍和土地的人。

黑马之吻

葛路村的歪头牵了一匹黑马来大洲村叫卖："买马吧，一匹驮货的好马。"

歪头叫卖了几个村子，也无人买。他是一个驮货人。货物堆在马背上，他牵着马往山上赶。他戴一顶肥耳长帽，甩着一根棕绳，穿行在高山林间小道。灵山以北有许多高山小村，不通公路，重货便由马来驮。如水泥、粮食、化肥、电视机、冰箱。山高路陡，马走走歇歇，一天驮不了三趟。前两个月，歪头去五羊山驮货摔了一跤，髋骨摔坏了，他再也干不了驮货的营生。他有四匹马，剩下最后一匹黑马没卖出去。

村里没有驮货人，谁会买呢？十几个中年男人围着马，仔细地打量，七嘴八舌地议论。"马不如牛好，牛可

以耕田，即使有一天耕不了田了，牛肉还可以卖个好价钱。"有人说。南方人爱牛。

"母牛产崽子，一头牛崽子至少卖三千，少说三年产两胎。"

"马爬山有耐力，腿脚好，驮起货来像拖拉机。"歪头拍拍马臀、马腿，嘴角滑着纸烟，说。

"这匹马毛毡毡（体毛不顺不滑），肩胛骨耸出来。你以马为生，又怠慢了它，说不过去啊。"有人尖酸歪头。歪头尴尬地笑，牵着马沿村街往下街走。

马确实毛毡毡，皮骨嶙峋。马脑门和脊背上有许多白皮屑。马掌钉磕在水泥地上，咯噔咯噔作响。马甩着尾巴，拍打苍蝇。天气热，苍蝇追着马。马走到社公庙，不走了。歪头拽了拽马绳，马还是不走。它昂着头，嘶咴咴，嘶咴咴，低声嘶鸣。歪头甩了它一鞭子，它踏了踏蹄子，还是不走。

社公庙并无庙，只是一个地名。在五十年前，这里是有一座小庙，供人祭祀土神，庙倒了之后，也无人翻修，垦了一块平地作晒谷场。晒谷场分出东与北两条路，往东连接村街，往北伸入山谷。山谷与山谷之间有

一条河，河宽阔但水清浅，称之饶北河。水坝截河筑湖，湖名樟湖。湖水外引，泄水发电。在樟湖卖土特产的撇角，骑一辆摩托车去杂货店打牌，穿过社公庙，见歪头抽鞭子体罚马，他停了下来，说："歪头，马虽说是畜生，但也知道鞭子打在皮肉上的痛楚，它是不会说话，你养了它就该知道它在想什么，它不走了，你还用鞭抽它，你也不想想它为什么不走了。"

"我抽它，还不是想早赶路，卖了它。"歪头收了鞭子，委屈地说。歪头，谁人不识。不是因为他是驮货人，而是他的头一直往右边歪着。歪着头走路歪着头看人歪着头说话歪着头吃饭歪着头睡觉。

"耕田人卖了犁，驮货人卖了马，打铁人卖了锤，这个着实让人看不懂。"撇角架开双脚坐在摩托车上说。

"这可是一匹好马，我四匹马中最好的一匹，可偏偏卖不出去。"歪头说。

"识牛容易识马难，南方人不养马，有几人会识马呢？"撇角说。

"善跑，起重爆发力大，耐力好，这就是好马。"歪头说。

"你说的不是马，是脚夫。你把马当作脚夫看了。"撇角揶揄说。

两个人扯来扯去，扯白（聊天）了好久。歪头说："你在湖边开饭馆，也可以开个跑马场，互相带动，你买去，我价钱低一点。"

"没养过马，养不好。"撇角说。

"养马不是问题，你有心养一匹，上手了，再多买两匹，开个跑马场。"歪头说。

歪头的说法，让撇角有了养马的心思。撇角骑着摩托车，往回折。歪头赶着马跟着。马啪嗒啪嗒地晃着步子，昂着头咴咴咴咴嘶鸣几声。

马有些瘦，还肮脏，浑身散发着草酸的臭味。撇角的老婆爱英见了马，拿出一个苍蝇拍，给马打蚊蝇，一拍打下去，蚊蝇血斑斑点点印在拍子上。爱英说："苍蝇都结团了，马怎么受得了，马遭罪，人也遭罪。"

樟湖四面环山，高阔的峡谷如一架水车，水汩汩注入湖中。湖边住着三十余户人烟。撇角在外打了八年工，年年正月出去腊月归乡，钱却积余不了。爱英心疼自己

男人，说："忙死忙活，年年空手回家，不如回家卖土特产，还落个自由自在。"撇角清了自己的屋子，开了一间店。爱英在网上卖货，他去收货。他收芝麻、辣椒干、葛粉、绿豆、黄豆、高粱、荞麦，收番薯粉、番薯粉丝、陈年高粱烧，收手工茶叶、金银花、皇菊、山茶油、豆酱，收土鸡蛋土鸭蛋、土蜂蜜。他骑摩托车，去各村各户收。他熟门熟路，他知道谁家有什么土特产。他也自己晒鱼干，晒豆角，晒山蕨，晒梅干菜，晒萝卜丝。他知道哪些东西好卖。

闲余，他喜欢打窝龙。窝龙是一种过炸的牌法，四个人打五副半牌，有压必压，七个头开奖，各打各的，个人计分，打一把牌要八分钟。打窝龙，时间过得快，一个下午玩不了几把牌。杂货店有四张牌桌，每天下午坐满了人。村里人都喜欢打窝龙。打窝龙不要记牌，技术性不高，凭手气。有了马，撇角很少去打窝龙。马聪明，有灵性。扑克牌让人赌气，磨人干劲。撇角每天早上喂马，喂麦麸豆麸。麦麸是他自己磨的，掺豆麸，搅拌起来，倒在石槽里。马看到他端着畚斗走近马厩，就踢起蹄子，嗒嗒嗒，昂起头甩动，垂着的尾巴扬起来，

82

圆圆的眼睛鼓起来，舌头舔着嘴巴。撇角嘘嘘嘘吹口哨，托起马嘴摸摸，又摸摸马脖子，把麦麸倒下食槽。

马厩在屋后的菜地边角，是撇角自己搭的，八根木柱，盖芒草，门和大窗户对着通风。吃了麦麸，撇角赶着马在峡谷遛一圈，他骑上摩托车外出收货。峡谷里荒草茂盛。马也不用人看守，自己吃自己睡，到了傍晚，自己边吃草边回来。

一日下午，暴雨如注，溪水吞泄。雨顺着山势泼下来。马没有回来。撇角担心马受到惊吓，乱跑乱闯，他骑摩托车去找马。峡谷狭长。他骑到山坳口的大草坪，见马站在草地上，仰着头，垂下尾巴，岿然不动。他惊呆了。他从没发现自己的马如此俊美。马肥壮而匀称，四支腿脚如四根木柱夯在大地上，雨水浇在马背，顺着腹侧淌流，油黑的体毛如瀑帘，头高昂如铁墩般雄俊。他吹了吹洪亮的口哨，马咴咴长嘶了起来，向他奔了过来。

山中暴雨肆意。撇角抱住了马头，摸摸它淌着水流的下颌。

回到家，撇角一身透湿。撇角没有马刮器，他用猪

鬃刷给马刷身子。他还没给马刷过身子。猪鬃刷柔软，又略显糙，马被刷得身子麻麻痒。马瞪大了乌溜溜的眼睛，抖着一对小耳朵，轻轻地踢着蹄子。他刷马头，马便低着头，一动不动，鼻子呼出热烘烘的鼻息。他刷马脖子，刷马腹部，刷马臀部，刷马尾巴。马很舒服地站着，马打着响鼻。

撇角有午睡的习惯。给马刷了身子之后，他不午睡了。他每天去溪边给马刷身子。他给马洗脸，给马浇一身的水，用猪鬃刷刷一遍马身。刷了五次，每到晌午，马自己走到溪边等撇角，见撇角端着脸盆出来，它咴咴低嘶，兴奋地甩着尾巴。马刷了身子，自己去峡谷吃草。马小跑而去，扬起鬃毛。它矫健沉稳的身影在峡谷小路时隐时现，在撇角的视野里，山峦也变得时高时低，似乎是时而抬升时而沉降。

撇角觉得奇怪，马是站着睡觉的。在不被人惊扰的情况之下，马可以随时随地睡觉，即使是在走路而突然停下来时，马也合上眼睛，原地踢踏脚步。

有一次，一个养牛人对撇角说："马不驮货，养马亏

本太大，不如养牛。"

"马有多神奇，你养牛没养过马，你不知道。"撇角说。撇角领着养牛人去看看马厩，说："我几次见马睡觉，都是站着睡的，以为马在打瞌睡，其实马原本就是站着睡的。我没清洗马厩，马一直站在地面，我清洗了马厩，马就躺在地面撒欢，这说明了什么？"

"说明马太难伺候了，牛在泥浆里打滚，在牛粪堆里睡觉，牛走出牛圈，半个身子都裹着牛粪。"养牛人说。

"你这个话在理，牛随遇而安。但也不在理。"撇角说。

"怎么不在理呢？"养牛人疑惑地问。

"马不在肮脏的地方睡觉，说明马是高贵的动物，高贵的动物都是孤独的。我发现马在深谷待上一天，也难得嘶叫，它顾着自己吃草，自己溜达，自己找一个无人的地方睡觉。马即使回到马厩了，马厩肮脏，它也不躺下去，它也不咴咴嘶鸣，它像一个处子。"撇角说。

因为养了马，撇角有了很多事做。他清理马粪，磨麦麸。爱英有些埋怨。爱英说："伺候马比带孩子还上心，把马当个宝了，一个月下来，光麦麸花费两百多块

钱。马养了半年，没赚上一块钱，也不去找货让它驮，至少也得驮出麦麸钱。"

撇角只有嘿嘿傻笑。他摊摊手，说："我也不打牌了，又不乱花钱，养一匹马也就相当于多个朋友，招待朋友也得添酒菜。"

爱英对撇角说："早先，你打算建个跑马场，这么宽的湖边，很适合跑马。"

"再买两匹马，就可以圈跑马场。我想了想，不是有马了就可跑马的，还得请个教练，我不放心的是万一有醉酒的人骑马，发了疯似的跑，落进湖里，那是害人命的事。"撇角说。

"那马也不能这样一直养着，一年多花费几千块钱，哪是我们这个家底支出得了的。"爱英说。

"牛拉犁，马驮货，这个道理我懂。可这么漂亮的马，给别人驮货，我哪舍得呢。驮货是马的命，但我们的马高贵，高贵的马不应该去驮货。"撇角说。

爱英说归说，还帮着磨麦麸。爱英往石磨孔添麦子豆子，撇角磨石磨。两人有说有笑。磨了麦麸，撇角拉出塑料水管，给马厩冲洗。扫出来的马粪堆在山边岩石

上晒，晒个三五天，撒进菜地肥地。

一日，樟湖来了一个钓客。钓客牛高马大，看起来有些粗野，络腮胡子遮了半个下巴。他见黑马在湖边喝水，他解下腰带量马的身高和体长。他很客气地给撇角散烟，问："这匹马养了多久了？"

"养了十一个月，是转手买来的。"撇角说。

钓客托起马嘴巴，手伸进马嘴巴，摸了摸，说："你这匹马可是一匹难得遇见的好马，万里挑一。"

"你识马吗？我不识马。以前那个马主，脾气暴躁，抽自己的马像抽死蛇，我碰上了，就买了回来，本想办个养马场，我又放弃了这个想法。你怎么看出我的马是一匹难得的好马呢？我知道它很聪明，它远远地听见我的口哨声，就会朝我跑过来。"撇角说。

"你看看啊，它身材匀称修长，反应迅速灵敏，耳朵紧凑耳扇小，耳小就是马肝脏小，小肝脏的马很会理解人的心思，它鼻子大，鼻大就是肺活量大，可以长途奔跑。马跑长路，驮货，不仅要马的腿脚骨好，没有大的肺活量，也跑不了。你再看看，这匹黑马油光水漉，很

易长膘，是它消化吸收器官功能好。它的眼睛大如灯盏，表明它心脏大，心脏大也就胆子大，响雷发大水烧大火，它都不会害怕受惊。虽是早上用了食，但隔了一个时辰，它胸脯像羊皮鼓一样直挺，筋肉绷了出来，口色鲜艳像女孩子抹了唇膏，体质强健。你看你的马屙尿，尿水直拉拉冲出来，这是母马体力充沛。你摸摸它的头，它的头高俊但脸部瘦削，眼下肉却鼓鼓的，这样的马，高贵却性情温和。"钓客很细心很温情地对撒角说。钓客摸着马的脸，摸着马的身子，满眼露出艳羡。

撒角很惊讶地看着钓客。撒角看不来马，不知道自己的马好在哪里。他是第一次听懂马的人讲自己的马。撒角问钓客："你怎么懂这么多呢？你养过马吗？"

钓客说："我何止养过马，我在东北的一个马场生活了十二年，骑马打猎、赛马、驯马，我都干过。"钓客扬起眉纹，说得很有兴致。他又说，"这几年，在东北很难讨生活，我辗转来到上饶开出租车了，再也没见过马了。"

"你这一番马经，值得我中午好好敬客，你钓了鱼，我们中午好好喝一杯。"

喝着酒，两人都有了说话的兴致。钓客酒量好，一两杯的酒满口吞。你来我往，喝了八杯酒。钓客说："你的马美中有不足，确实有些惋惜。"

撇角心里一惊，问："有什么不足呢?"

"也不算是不足吧，是我太晚见到这匹好马了。"钓客说。

"有什么说法吗?"撇角问。

"你这匹马刚到了盛年，我上午摸了马嘴，估计你这匹马有十五岁了。马十五岁，相当于人的中年。"钓客说。

"我不知道自己的马几岁了，我糊里糊涂地养着，只想着把马养得壮壮的，哪有看马年龄的本事。"撇角说。

"马的年龄根据马门齿的数目和形状来判断。马的牙齿分四种，分为门齿、犬齿、前臼齿、臼齿四种。门齿、前臼齿又分乳齿和恒齿，恒齿从乳齿长出来。门齿咀嚼面有一个凹窝，叫齿坎，齿坎消失正是马十岁了。若咀嚼面是个立角形状的话，那么马至少十五岁。食草动物的牙齿和咀嚼面会随着年岁而变化。我摸到了你的马有了立角咀嚼面。到了盛年，马很难训练了。你的这匹马

很早就开始驮货了，货物驮多了，会伤了马的脊骨和肩胛骨。"钓客说得有些失落，他说，"我可以骑骑你的马吗？"

"太欢迎你来骑马了。我骑过几次，也只是慢慢骑，还跑不起来。"撒角说。

趁着酒兴，钓客跨上了黑马。钓客前倾着身子，右手拍了一下马臀，拉起马缰绳，在湖边跑了起来。马撑了一下两只后腿，马头高高昂起来，昂昂昂，高高嘶鸣几声，四蹄开始飞溅。马如离箭之弦，如疾风吹轻舟，如鸟剪春风，沿河溪而上，跑入峡谷。溪水在它蹄下，飞出散珠似的水花。

黑马有一双动人的眼睛，一双澄澈得让人伤感的眼睛。撒角每次看到黑马的眼睛，就会想起那个钓客的话："你的马眼睛里盛下了记忆的整个草原。"

它的故乡在北方草原。这是钓客说的。撒角想从马眼睛里找出那个草原，可他找到的是马的孤独。孤独是马眼睛里纯洁的液体。它站在马厩，或站在峡谷某一处草坪，它不像一匹马，而更像那片樟湖。温柔，沉静，

又热情澎湃。它英俊的体型如湖中山影。它的眼睛明亮，眼睑优美，湖一样深邃，深不见底。撇角不忍看它的眼睛，又怎么看也看不厌。马眼睛里藏着一种东西，一种哲学般神秘的东西。这种东西，深深地吸引着撇角。至于这种神秘的东西是什么，撇角也不知道。他每次给马洗脸的时候，他会托起马头，凝视马眼睛。他看见了蓝天，看见远方消失的飞鹰，看见了山野的四季。他看到了马的心脏在嘣嘣跳动，看到了马奔跑时晃动的臀肌。但他不知道马在想什么。他用棉布巾给它轻轻地擦眼眶，擦眼肉，擦耳朵，然后给它刷脸。它呼呼地打着响鼻。它熏热的气息烘着他。

有一次，马回到马厩，天色尚早，太阳尚在树梢打盹。撇角手头没事，就去马厩看马。马听到了撇角的脚步声，咴咴咴咴低嘶。马熟悉他的脚步声，熟悉他的说话声，熟悉他的口哨。即使他不发出声音走近，它也知道他来了。它对他的气息敏感。它要么打响鼻，要么唵唵鸣叫，或者踢蹄子。若是野外，它会跑过来靠近他，昂起头，用嘴巴拱他身子。撇角坐在横栏，马站在他身边，咴咴叫。他在马眼睛里，看见了一种奇怪的东西。

那个东西像个星空。星空并没有繁星,只有一颗白金色泛着黄晕的星星,天幕则是纯黑,发出乌铁般的光泽。星空如一个漩涡,飞速旋转,形成的巨大气流,拖曳着他陷入其中。他被深深地吸了进去。如果有一个人爱你,请看那个人的眼神。那个人的眼神里有温爱,不是喷涌的,不是闪射的,而是一种植物生长的状态,默默的,贴紧的。人和动物之间的关爱也是如此。

温爱是彼此之间的默契与信任。马知道他想看自己眼睛,于是它扬起脸。马嗅他的手掌。他的手掌空空。它舔进去的,是他手掌的温热。温热,让它感受到了他的绵绵血气。

马的秘密藏在深不可测的眼睛里,但他不知道马有什么秘密。马的秘密也变得深不可测。马无法说出自己的秘密。它扬起头来,张开眼睑,裸露出整个眼睛的部位,像是心扉袒露。

据说,马眼睛可以感知北斗七星在移动。北斗七星出现在天幕,马就会抬头仰望。这是撇角听那个钓客说的。对这个说法,撇角很信。钓客说:"马在夜间奔跑是不会迷路的,也不会惊慌,马一边跑一边仰望北斗七星,

北斗七星在指引它。"在暮色渐起，西边天际星斗初现时，他坐在横栏上，看着黑马。黑马看着他，微微昂着俊俏的脸。他回过头，北斗七星出现了。那个钓客说，有一次打猎，夜间在山林里跑得太远，钓客迷路了。林中没有路，四处荒草杂乱，树木疏疏却高大。他对马说，回家吧，我迷路了，你带我回去。马嗦嗦嗦地穿树林，绕过一个又一个山梁，把他带了回去。钓客说："马的大脑里有一个路径图，标记着所走过的路，哪里是自己的出生地，哪里是自己的家，哪里有泉水，哪里有葱郁的野草，马都知道。在哪里受了难，挨了谁的鞭子，马也都知道。但马不记仇，马对狼都不记仇，只会踢蹄子赶走狼。马是宽容活一辈子的动物。你看到马的眼睛，你就知道马有多善良。"

村子距公路远，靠一条五米宽的水泥机耕道通行。村里有人陆陆续续往集镇上迁徙，买地建房。爱英也和撇角商量去镇上买地。爱英说："快递投送点全都设在镇上，每次寄货，还得骑车去镇里投递，来回不方便，再说了，孩子以后也不可能安家在湖边。"

"在镇上当然好，可买地建房得一大笔钱，哪里筹钱呢？"撇角说。

"把马卖了吧，养着是好，可我们不能养它一辈子。"爱英说。

"我舍不得卖马，不到迫不得已的地步，我不会卖马。要不，我们把这栋房子卖了，房卖了，我们还可以建，马卖了，就回不来了。"撇角说。

"卖马不影响生活，卖了房，过渡用房不好找，东西搬来搬去损耗大。"爱英说。

撇角执意卖房，留着马。撇角找了村里人，问了问，没人想买房。是啊，谁还在偏僻的山间买房，自己的房子都想卖。撇角放了很多线出去，要卖房子。可没有一条线有回音。他便牵着马去卖。他拉着缰绳，往机耕道走。马兀自立在那儿，不挪步。马似乎知道他的心思。他用手掌马的脸，说："你怎么不迈开步子走走呢？我是没办法了才卖你，又不是让你去下油锅。"

马的眼睛一下子滚出了滚圆滚圆的液体，迈开步子走。撇角又用手掌它绷紧的脸，说："你怎么这么笨，我是卖你，你还要迈开步子走，你笨死了。"马滚圆滚圆的

液体一直滚落着。撇角托起它嘴巴说："你去峡谷吃草吧，我不想看到你了。"

马站着不动，怔怔地看着他。撇角骑上摩托车，收货去了。

镇里人都知道撇角养了一匹好马，有人知道撇角想卖马，骑车来到村里，找撇角谈价钱。可价钱一直谈不拢。撇角说："既然是好马，就得是好马的价钱，它又不是驮货的命，不能当作贱马卖了。"

买马的人说："马都是驮货的，驮货的马就没有贵贱之分。"

买马人的说法让撇角接受不了。他质问买马人："马为什么一定要拉去驮货呢？你看看我的马，那一身毛色，它站在那儿的气概，它跑起来的精神气，多贵重啊，为什么买去就要让它驮货呢？"

买马人用鼻子哼哼，说："你也是四十来岁的人，用你脚后跟想想，买马不为了驮货，那买马干什么？买马是为了看看摸摸，又不是养小妾，还不如买一幅画挂在墙上。"

撇角站起来，憋红了脸，说："你这样说我的马，是

侮辱我的马，也是侮辱我。"

买马人讪讪地说："算我说错了，我们是谈生意，又不是争吵。你留着马自己天天看，我不买马了。"

来了五个买马人，没一个谈成的。撇角便和爱英商量，说："先买地吧，等有了钱再建房子。"

暑假了。两个读初中的孩子嚷嚷着要去旅游。撇角说："多见识见识世面太应该了，老爸当领队，我们去广东玩玩。"撇角带着两个孩子坐火车去了广州，再去了中山、深圳、珠海、澳门。他们是第一次去广东，感到很新奇。尤其是在港珠澳大桥参观，孩子内心很震撼，对老爸说以后要好好读书了，伟大的国家需要伟大的人民建设。撇角听了孩子的话，药一样慰藉他。在珠三角游玩一圈，他和孩子很尽兴。

撇角回到家，发现马不见了。他问爱英："马去哪里了?"

"卖了。"爱英说。

"你卖了马，也不给商量一声。"撇角说。

"我们商量好了卖马，你卖不出去，我来卖啊。"爱英说。

"卖给谁了？"撒角问。

"价钱卖得不低，谁买都一样，我也不知道买马的人是谁。"爱英说。

"你卖了马，我是没什么意见，但你得告诉我是谁买了。"撒角说。

爱英知道自己的老公是个很较真的人，眼睛翻白地讪笑，说："李宅桥的喇叭牯买走了。"喇叭牯是个转山人，在山中驮货、收货、卖货大半辈子了。第二天早上，撒角骑上摩托车去了李宅桥。他找喇叭牯，村人说喇叭牯去荞麦湾驮货去了。撒角又去荞麦湾，见马正驮着两包水泥往山道走。马挺着腰脊，步子很沉稳地走着，水泥包一颠一颠地压着。喇叭牯手上缠着一根麻绳。马咳咳咳咳，低沉地嘶鸣了几声，快步冲过小片荒地，反身往下跑，向撒角奔了过来。喇叭牯被马突然奔下山的勇猛样子，吓惊了，甩着麻绳，骂："该死的马，不抽死就是有鬼。"

撒角张开了双手，嘘嘘嘘地吹口哨。马在十米之外站住了。它看着撒角。撒角走向它，它后退。它的尾巴下垂着晃。它的腿部和背部裹着泥垢。它的鬃毛沾满灰

灰的水泥粉尘。马咳咳咳，嘶鸣得很低沉。它叫得那么无助和悲伤。

马又被撇角原价买了回来。与其说是买回来的，还不如说是抢回来的。喇叭牯不肯卖，撇角把钱往桌上一扔，吹了吹口哨，马跑了过来。撇角骑上马，马不停蹄回家了。喇叭牯站在门槛上，指着撇角骂："世界上哪有你这号蛮人。"

撇角抚摸着马，对爱英说："我看到马驮货被虐的样子，就像看到自己孩子在驮货，我受不了。"

爱英抬眼望望自己的男人，低低地叹气，有些无奈地说："其实，再好的马也只是畜生，和牛一样，你爱养马就养吧。"

"我们的马不应该去驮货。马累死累活驮货，马得到了什么？驮货的马被鞭子抽打，一年到头也饱食不了几餐。我们的马即使饿死，也不要去驮货。"撇角说。

翌年六月，马分娩了。马的下体在流黏液。马站在马厩，嘶嘶嘶嘶，嘶嘶嘶嘶，长嘶得撇角心疼。他惊慌失措地围着马团团转。马的臀部鼓起来，又收缩。马在

拼力使劲。爱英说："马迟迟产不下小马驹，可能是难产了。"撒角抱来一捆干草，铺在地上。爱英抚摸着马脖子，撒角摁住马背，示意它躺下去。

马躺了下去。爱英摸着马脖子，马不叫了。马颠起半边身子，抬起前、后右肢，马腹鼓起来，又瘪下去。下体流了很多水。爱英说，可能羊水破了，马在用力生产。撒角不知道怎样帮它用力，急得直搓手。一个白白的脂肪质地的泡泡（胎盘）露了出来。马的半边身子颠得更厉害了。白泡泡裹着黑黑硬硬的前肢挤了出来。爱英对撒角说："你还傻傻地站着，帮忙把腿拉出来啊，顺着拉，又不能憋着劲，马生崽和牛生崽是一样的。"

撒角拉着前肢，往外用力。小马驹被闭得太紧，撒角站着用不了力，便坐在地上拉。拉着拉着，小马驹的头露出来，白泡泡破了。撒角一只手托着小马驹的头，慢慢把小马驹顺出来。小马驹出来了，身上裹着一层白膜。爱英摸着马的腹部，说："生崽太难了。"马在紧张地喘气。马还站不起来。马平静地卧着，想抬起头看看小马驹，可头抬不起来。撒角把小马驹身上的白膜撕下来。小马驹好奇地晃了晃头，半个头抬起来，半卧半

起身。

马在地上躺了半个多小时，才站起身子。它舔干了小马驹身上的黏液，又用嘴巴拱小马驹。小马驹摇摇晃晃站了起来，望着母马。小马驹偎依在母马的身下找奶水吃。

兽医来给马检查身体。兽医说，马过了十岁便很难怀孕了，没想到这匹黑马有这么强大的生命力，做了高龄妈妈。母马产崽子后，身体虚弱了许多。撇角喂得格外用心，煮菜饭给它吃。菜饭里拌些菜油或蜂蜜，母马吃得特别香，一口气吃半大脸盆。小马驹寸步不离地跟着母马，吮吸母马的奶水，一天至少吮吸八次之多。即使深夜了，小马驹也吸奶水。它偎在母马的腹部睡觉，四肢撑起来，闭起来的眼睛像只甲壳虫。撇角看了母马生孩子奶孩子，觉得做母亲太不容易了。撇角每每这样想，就对自己的女人更好了。他刷碗洗锅，抱着自己的女人睡觉。做了母亲的女人更需要男人疼爱。

撇角的表弟来玩，见小马驹甚是可爱，在草地里快乐地蹦跶，追着自己的影子跑，便对撇角说："你的小马驹卖给我吧，我也想养一匹马，自从你养了马之后，你

的性情温和了许多。"

小马驹在小心翼翼地过河溪。撇角逗着它玩。撇角说："母马也不卖，小马驹也不卖，我过个两年办个马场，你看看，樟湖一览无余，湖水四季瓦蓝，这里景色好，湖岸开阔，有了马场，会有人来骑马的。"

"那我给你守马场。"他表弟说。

有了小马驹之后，撇角有了更多的事做。他骑摩托车去收货。王朗村有一个种白玉豆的人，每年收两千多斤豆子。他的白玉豆都卖给撇角。他和撇角有说不完的话。撇角说马，他也说马。撇角说湖里的鱼，他也说湖里的鱼。他能顺着撇角的话说。他知道撇角添了一头小马驹，说："我没养过马，很想养一匹马，马不会拉犁耕田，但马跑起来多超脱啊，神采飞扬，马的眼睛都会发亮。"

撇角就不接话了。撇角没法接。养一匹好马多难啊。一匹好马有多珍贵。珍贵的马，和家中的女人一样珍贵。珍贵的东西都是藏着的，没办法也不可以分享给其他人。珍贵的东西不多，懂得珍贵的人更稀少。

镇里有人特意骑车去湖边，看撇角的小马驹。小马

驹会顶篮球，会去湖里游泳，会和狗狗赛跑。小马驹让镇里人感到新奇。来玩的人，带着孩子，孩子追着小马驹跑。小马驹直起身子，吃树上的无花果，吃树上的石榴。小朋友抛一个苹果过去，小马驹一口啃半边，望着小朋友咴咴咴咴咴低鸣。小朋友开怀笑了，又拿出一个苹果，摊在手心，小马驹吃了苹果，舔手掌。

湖边有一个草泽，淤泥深。有一天，一个进山上坟的人，突然炸响冲天炮（方言：单个朝天射的大鞭炮），轰的一声，炸得寂寂之野四分五裂。鸟呼呼四处乱飞。黑马受了惊吓，慌不择地，跑向草泽，陷入了淤泥。它半个厚实的身子陷了下去。淤泥盖了它的臀部，没了它下腹。它昂着头，咴咴咴地叫。它想抬起前肢撑起前身，泥浆却向内灌。撇角从院子里跑出来，看见黑马在泥潭里挣扎，一时也想不起用什么救它，眼睁睁地看着黑马上半截身子也慢慢下沉。他站在草泽边搓着手，喊："快起来啊，快起来啊。"

咴咴咴，咴咴咴。黑马的嘶鸣让撇角绝望。黑马睁开圆圆亮亮的眼睛。这个时候，小马驹跑了过来，绕着

草泽边奔跑，咴咴咴地叫，叫得很高昂。黑马撑起了前肢，腾起前半个身子，跃了起来，像一座巨大的冰山拱出水面。撒角跑了过去，牵马去湖里洗澡。小马驹追着屁股，打着响鼻，咴咴咴地叫。撒角给黑马洗身子，刷毛，抱着它的头亲吻。他没有想过，小马驹给了母马力量，母马是这么勇敢，自己救了自己。这让他深深震撼。

过了半个月，那个钓客又来钓鱼了。他戴着扁帽坐在湖湾枫树下钓鲫鱼。鲫鱼半块巴掌大，钓上一条，又扔回湖里。撒角说："鲫鱼很鲜，炖上来的汤牛奶白。"钓客抛出鱼线，鱼线慢慢下沉，半截红半截绿的浮标垂在水面。钓客说："钓鱼不是为了吃鱼，要吃鱼的话，不如拉网，何必来这么远的地方钓呢？"

钓客又说起了马的事，说："你这样养马不是个办法，养着也不是，卖了也不是。"马在湖边荒地吃草，甩着尾巴。

撒角说："养马和养八哥是一个理，养八哥是为了卖钱吗？是为了吃吗？不是。养着，逗着，是生活一趣。养马也是生活一趣。当然，养马成本高一些，但乐趣也更多。马通人性，马是畜生，但也不仅仅是畜生。"

钓客很吃惊地看着撇角，说："我们在马的身上可以看到自己。你对马还了解得不透，你了解透了，你会善待万物生灵。你学学骑马，在马背上奔跑，你就知道了，你和马是融为一体的。马需要骑手，只有骑手可以体现马的自由、天真、奔放、桀骜不羁和蓬勃的野性。马让骑手自信、从容、刚毅。人塑造了马，马也塑造了人。"

撇角开始练习骑马。他和马有深深的默契。他双腿一夹，马便会沿着湖岸飞奔而去。他练习了三天，他便能熟练驾驭马了。他在峡谷跑，在林中跑。他骑马去收货，骑马去探望亲友。马奔跑起来，他感受到了大地在震动。

冬日到来，雪覆盖了原野。山中多胜雪。冬天，草料不够，撇角抱出自己切的番薯藤，喂马。吃了食，马去湖边溜达。马踏着雪，雪噗噗脆响。炭一样黑的马，像裹着浓浓的夜色。它黑得耀眼。马拱开雪，啃食残存的枯涩草叶。撇角骑上马，在雪地奔跑起来。

黑马之美，在某种特殊情境之下，美得让人心醉。有一次，是月圆之夜，撇角睡不着。他骑着马，在峡谷里悠然慢走。月色如银。峡谷白亮又朦胧，山色青青，

月色如湖水漫溢。马静静地站在山谷，他静静地坐在马背上。寂静的美丽如初春的忍冬花盛开。撒角第一次觉得，马天生是孤独的。马长久的沉默变得无边无际，山野一样深邃。马袒露的部分供人理解，而更多的部分深藏着。如头顶上灿然的星空，星星空无之处，是恒久的谜团。人也是这样。肉身是一座庙，心是一尊佛，佛供奉在哪里，谁又知道呢？撒角坐在马背上，眺望着远山，仰望着高高在上的天空。他也长久地沉默。他无法言说。马也无法言说。远山如谜。天空如谜。他和马也如谜。流水哗哗。这个峡谷，是撒角走了千百次的。但，峡谷陌生了。或者说，他是骑马而来的陌生客。陌生客就是过客。他下了马，来到溪边掬水洗脸。在溪水中，他看到了马的身影。马黑如一尾乌鱼。马背上的月亮在摇晃。黑马闪亮，银灰似的闪亮。他掬着水，又松开了手。他回头看了一眼马。马兀自昂着头，望着月亮。撒角突然觉得自己很悲伤。无由的悲伤填满了他的胸膛。他抱着马头，马歪过头嗅他的脸。

　　在很多时候，人是脆弱的。他的脆弱，被马看到了。马的眼神柔和且充满了仁慈。马踢了踢蹄子，咴咴咴咴

嘶鸣。花楸树的叶子在轻轻抖落。野胡椒树正开着花。溪水在不紧不慢地流着。撇角抚摸着马嘴。他跨上了马背，跑向峡谷更深处的山谷。月光洗涤着树林，洗涤着空山。撇角哼唱起了童年的歌谣。马踏出了飞溅的水花。马黑色的鬃毛如黑夜一样疯狂、张扬。它肆意地奔跑。似乎只有奔跑才能追逐渐渐西去的月亮。

其实，撇角是一个很开朗的人。当他骑上马，他更无忧了。他买了一顶牛仔帽，骑马必戴。他逗爱英，说："正眼瞧瞧我，我像佐罗吧。"他打一个响指，吹一个口哨，骑马去了。以前，他觉得生活特别无聊，上午收货，下午打牌，孩子读寄宿学校，也不用他花精力多管。生活虽然充满了热望，但大多时候让他垂头丧气。养了马，他觉得每一天都有意思。有意思的生活，日子就过得快，水流进樟湖一样。日子过着过着，湖水就满了。满眼的澄碧，满眼的狂野。

梨树上的花面狸

　　杜梨坪有一棵老梨树，树皮灰白，蒙了一层白白的苔藓。早些年，一枝粗丫被雷劈了，但树没有死，丫口慢慢烂了，露出一个窟窿。窟窿之下又发了一枝新丫，丫往上斜长，在两米之上溢出。梨是天柱梨，梨皮青麻色，肉质雪白，甘甜多汁。梨却无人采收，被鸟啄食，烂在树上。

　　水果无人采摘了，一个村子便彻底荒凉了。杜梨坪荒凉，是因为村民在二〇〇四年移居山下大溪村。杜梨坪成了空壳村，十三栋房子像一群无人照料的孤儿。老人都不愿意下山，说，山上多好啊，泉水直接进家门，开门就见大树林，人被鸟儿叫醒。年轻人不怎么喜欢，说，出门爬坡，车子进不了村，肩挑背驮，孩子读书太

不方便。山上有教学点，只有一个老师，实行复式教学，学生三五个。从山下到山上要走路一个小时，老师不愿来，学校只得在本自然村请代课老师。

春秀有一手好手艺，编竹工艺品。二〇一四年，镇竹工艺厂关闭，春秀无活可干。她的孙子八岁了，随了孩子父母去城里读书。春秀在家闲了一年，闲得腰酸背痛，她买了二十二头黄羊，回杜梨坪，放在山上养。

这里草场好。杜梨坪有一片梯田，有三十余亩，斜斜缓缓，夹在两条山梁之间。梯田荒废多年，但并没长茅草、芒草，矮草很幼嫩。黄羊便在山田、山边啃食。春秀早上八点，拉开羊圈，呼喽喽叫几声，扬起羊鞭，把羊群往田里赶。羊咩咩咩地叫唤，头顶着前头羊的屁股，推搡着，挤过一条石埂路，挤过一座三块木板搭的短木桥，去田里吃草。

老梨树在田中央的一座坟上。坟是一座老坟，从无人来扫墓、修葺，坟头早已塌陷。田主把田里挖上来的乱石堆在坟上。坟成了石堆。一天早上，羊群在老梨树周围的山田吃草，突然四散而逃，仰着头，咩咩咩咩，叫了半个来小时，才安静了下来。春秀在种番茄，看到

羊惊慌四散，她也不明原因，四处瞭瞭，她也没看到野猪、野狗之类的动物。她看了一会儿，又安心地种番茄。

又一日，她在摘豌豆。她种了三块地的菜。菜太多，吃不完，给羊吃。豌豆饱满鲜嫩亮青，她孙子很喜欢吃，她存在冰箱。摘了二十来个豆荚，春秀听到羊群在咩咩咩地叫唤。羊抬头望着树，叫得很烦躁。

春秀扛了一架木楼梯，靠在梨树上，爬上去。她笑了。一只花面狸在树洞里蜷曲着身子，腹部在轻微地起伏，甜美地睡着了。她悄然地下了树。

花面狸威胁了羊群，羊才害怕的。花面狸懒散，白天爱睡觉，羊吵醒它，它发出唧唧唧唧的威胁声。春秀这样想。

吃了中午饭，春秀去竹林里砍毛竹，砍了三捆。她把竹子锯成一米长，破竹片。她把那一块山田扎上篱笆，围了起来。围了篱笆，羊进不去了。她又找来两块老木板，在篱笆门上架一个"人"字形，花面狸可以自由进出找食吃。

山上生活寂寞，无人说话。即使在白天，也很少有

人上山。上山的人都是干活的，挖笋、砍毛竹、采草药、盘老杜鹃根（卖给外地人做盆景）。春秀自己烧饭自己吃。一个人吃饭没意思，吃着吃着就困了。但她习惯了，她大半辈子都是一个人吃饭。晚上，山上只有她一个人，一栋屋一盏灯。她坐在门槛上玩手机，玩不了一会儿，便瞌睡了。她是个内心比较强悍的人，外柔内刚。用春秀自己的话说："一截杨树枝插在哪里都会发芽。"

星光之夜，会有人上山。那是偷猎人。偷猎人不说话，强光手电四处照，光束投射出去，射出一块圆圆大光斑。也有偷猎人牵猎狗上山的，猎狗汪汪汪，追着猎物跑。猎人喊着："快追上，咬死它，咬死它。"当然，也有惹出笑话的。有一个猎人上山，赶着猎狗往竹林钻。狗扑在猎物身上，猎物突然说出人话："谁家的狗乱咬人，我一棍子打死它。"猎人以为见了鬼，拼命往山下跑，一路上，猎狗汪汪汪狂叫。原来说人话的是一个中年男人，他带了一个同村女人上山，被猎狗搅黄了好事。

春秀见偷猎人来村子，她就放响炮。响炮是大炮仗，引线点燃，往高空扔上去，啪啪啪炸响，炸出一朵蓝蓝绿绿红红的花。越响越往高空钻，梭鱼一样晃着烟火尾

110

巴。响炮炸了，偷猎人走了。春秀也干恶作剧的事。她整晚不开灯。杜梨村成了死村，犬不吠鸡不叫。她看到有强光手电射来射去，她就偷偷摸去山湾。山湾是村路的终点，有一块晒谷场，停摩托车。春秀给车胎钉钉子。偷猎人骑的摩托车下山，骑出十米远，车胎爆了。她还给偷猎人的摩托车放汽油。她带一个塑料壶去，把汽油引入塑料壶，藏起来。想到偷猎人骑不了车的那个狼狈相，她躺在床上捂着嘴巴笑。

还有比这更恶作剧的事，春秀也干。有一天晚上，三个偷猎人上山，一人骑一辆摩托车。春秀见三人上了山梁，她去脱摩托车轮胎，一车脱一只。偷猎人找轮胎，四处找，找不到。车胎就挂在摩托车旁的树上。天乌漆黑，谁会抬头看树上啊。第二天早上，春秀去看，摩托车不见了，车胎还挂在树上。

黑狗见了外人来，也狂叫，汪汪汪。黑狗是春秀在山上养的，是只母狗，体力特别充沛，叫声炸开一样响亮。春秀去哪儿它跟着去哪儿。黑狗体形大，眼眶有一圈白毛，尾巴梢有一撮白毛。春秀赶羊，它也去赶羊，羊走岔了路，它堵着路口叫。

太阳下山了，花面狸下树了，翻过篱笆，找食吃。它皱着鼻子，嘴角两边的白毛须抖动着。找着找着，到了番茄地，把红番茄啃进嘴巴。黑狗在屋檐下摇着尾巴，看花面狸吃。黑狗去番茄地，花面狸拱着身子，一跃一跃地跑走了。黑狗伸出红舌头，发愣。春秀咩咩咩地唤羊，羊挤在圈栏边，低着头，抢槽里的盐水喝。

花面狸白天睡觉。春秀在种菜，黑狗站在梨树下，望着高高的树洞。黑狗绕着梨树，望树洞。春秀唤一声"呼噜噜"，黑狗马上回来。春秀对着黑狗说："它还在睡觉，你又上不了树，有什么看的呢？"黑狗翘起尾巴，晃了晃，很不自在地走圈。

春秀坐在门槛上喝茶，黑狗蹲在她前面。它的黑毛油亮亮。春秀摸摸黑狗的头，毛绵厚柔顺，很暖和。

有一次，花狸猫来屋檐下，被春秀看到了。她睡到半夜，听到窗外有吃东西的响声。她拉开窗帘，看见花面狸爬上木桌，啃西瓜。西瓜半生半熟，是她留给鸭子吃的。黑狗站在木桌下，眼巴巴地看着花面狸吃东西。春秀静静地看着。月光半明半暗，花面狸不时地抬抬头，

看看四周。

桌上有四个小西瓜，花面狸啃了一半，又去啃另一个。屋前的毛栗树上突然响起吁呀呀的叫声，花面狸跳下桌，叫声又停了。花面狸恍惚了一下，拔腿溜了。夜鹰的尖叫来得太突然，春秀也被惊了一下，睡意全无。她开门，看着花面狸溜下梯田，往山垄下的涧溪走去。春秀坐在门槛上，披着外套，黎青的夜色罩住了她。她感到凄清。她是有儿有女有丈夫的人，儿女成家之后，她便一个人生活。她的丈夫宝荣在镇林业站工作，但很少回家。

她虽有丈夫，但更像一个寡妇。怎么会这样呢？春秀也想不明白。二〇〇三年开始，他们便不在一起生活了。他们从来没有争吵过，也没发生别的不愉快，宝荣在外面也没别的女人，他就是不愿回家。他睡在单位宿舍，吃食堂。偶尔回家睡觉，也是一个人睡在厢房。春秀到了后半夜，溜进宝荣的被窝，抱着丈夫说话。丈夫睡得鼾声四起。她心里难受。她的心里很冷。一个三十多岁的女人，不被自己丈夫疼，就像一锅沸水不被灌进水壶，白白地凉了。

春秀和宝荣谈了几次，宝荣也很耐心地对她说，自己对工作没兴趣，对酒没兴趣，对赌博没兴趣，对女人也没兴趣。

"那是不是有病了呢？有病就找医生看看。"春秀说。

"我好好的一个人，怎么会病了呢？我就是对什么都提不起兴趣。"宝荣说。

"对什么都不感兴趣，不正常，我是正常人，我要过正常的生活。"春秀说。

宝荣听了这句话，一下子火了，说："我怎么不正常了？我在外面又没养别的女人。"说着说着，宝荣抱住自己的脸哭了，哭得很伤心。春秀一下子心软了，心疼地说："由你吧，你爱怎么活就怎么活吧。"

但两个人的心一下子就疏了。暗地里，春秀问了好几个医生，也没问出个所以然。宝荣固执，从来不去看医生。过了两年，宝荣干脆搬到单位去住了。有一次，宝荣回家，睡到半夜，走到春秀的房间门口，站了好一会儿，一副欲进欲退、犹豫不决的样子。他挨着床，站了一下，坐在床沿，看着春秀，抬起手想抚摸春秀的头发，却没抚摸下去，而是给她掖了掖被角，默默坐了一

会儿，回自己的床上了。他退出房间的那一刹那，春秀一下子涌泉般流泪。宝荣站在门口，她就知道了。她醒着，但她假装睡着了。她坐在床上，抱着被子，问自己："我到底造了什么孽，遭了什么罪?"

宝荣每个月的工资交给春秀，春秀也收下，把钱存着。她去镇工艺厂编竹工艺品。她心里想，万一哪天这个男人不在了，生活还要继续下去，孩子还要好好养大。

春秀发现花面狸腆着大肚子了。它有孩子了。梨树尚未发幼叶，梨花压翻了枝头。春风舞了又舞，梯田似彩锦，野花遍野。尤其是毛茛，在田埂、溪边、墙根，黄得蜂蝶浪涌。独独的一棵老梨树，却像一棵冰雕。

这是杜梨坪最美的季节。灰胸竹鸡在天开亮，嘘咕咕嘘咕咕，叫得山野堂堂亮亮了。在周围的山坞，灰胸竹鸡至少有五只，各守一片自己的领地，叫声此起彼伏，直至夜擦黑，才停止了鸣叫。梨花谢了，杜梨开花了。间杂在树林里的杜梨撑起满树白花，站在树下，可以听见白雪燃烧的声音。

羊上山一年多了，这个多雨的月份，有三头羊即将

临盆。春秀把羊舍清扫得干干净净，把羊粪清到菜地里，种马铃薯，种洋葱，种黄瓜，种苦瓜。多余的羊粪晒起来，堆在柴房里。二十多头羊，让她从早到晚都有忙不完的事。似乎她既是为了养羊赚钱，也是为了让自己停不下来。停下来，她感到无比凄清。虽然是五十出头的人了，但她还是盛年，气力没有用完的话，气力就会变成身体里的虫子。她把怀胎的羊单独圈养在一个羊舍里，也单独放养在梯田里。

她还养了二十来只三黄鸡。每天傍晚，她放两个鸡蛋在梨树下。花面狸溜下树，皱皱鼻子，嗅到鸡蛋的腥味，把整个鸡蛋吃进去，嘴角淌着蛋液。春秀站在地头，往下望，看着它吃。吃完了，花面狸爬上木板，翻过篱笆，找食吃。它摇着鼓鼓的身子，嗅着气味，慢吞吞地走。

山田里有很多螺蛳，肉鼓鼓的。她拎一个铁桶去捡螺蛳，捡半个早上，可以捡一大碗。她留半碗，炒起来吃；另半碗，扔在梨树下的田里。花面狸拱着长嘟嘟的嘴巴，很细心地啃螺蛳。春秀就想，这个花面狸怎么这样贪吃呢？去年，春秀去山上摘酸橙，剥橙皮做酱菜，

116

她把酸橙肉扔在梨树下，花面狸也吃，吃得格外起劲。那么酸的橙子，她吃一口，满口牙酸，酸得舌头发胀。

羊临盆了，春秀守着。她怕羊难产。羊羔露出头了，她托着羊羔的头，帮衬着母羊往外用力。羊羔落地了，母羊累得瘫倒在地，视线不离开羊羔，咩咩咩地唤着。羊羔跌跌撞撞，想站起来，腿太软，站不住，又倒下去。母羊轻柔地不停地唤着，咩咩咩。羊羔又站起来，趴在母羊腹下。母羊舔羊羔身上的胎衣，舌头卷过羊羔的身子，把胎衣吸得干干净净。羊羔拱了拱母羊的奶头，撑起脚，又站起来。羊羔站起来了，昂起头，咩咩咩，它叫了一声。它在宣告，它已经来到这个世界上，它将走遍这里的漫山遍野。

春秀不知道花面狸什么时间临盆。她不懂。但她盼着。梨花落尽了，青青的幼叶发了出来，幼叶舒张了出来，树油绿了。每天傍晚，她都听到花面狸在唧唧唧地叫。它从树洞探出头，爬出来，抱着树，慢慢溜滑下来。它腆着腹部，很艰难地溜滑。这个时候，春秀会给儿子和女儿打一个电话，问问孙子、外孙女的情况。她听到孙子、外孙女在电话里不停地叫着她"奶奶""外婆"，

117

她欣慰。她辛辛苦苦地干了这么多年的累活，都是值得的。她从来没有抱怨过。

宝荣半个月来一次山上。他骑摩托车上来，带一些日常生活用品。他一副未老先衰的样子，脸肉松弛，下巴肥肥地下耷，额边发白白，四季怕冷。二〇一二年夏季，他去上海出差，去医院检查身体，被查出体寒症。去了很多医院，医治效果甚微。他也就作罢了。五月，春秀穿短袖了，宝荣还穿秋衣秋裤。他给春秀打电话："我上午上山，你需要带些什么？"

"什么都不缺，缺的东西你又带不了。"春秀说。

"那我就不上去了，你需要带什么东西的时候，我再上去。"宝荣说。

"我没什么东西需要带的，孩子会买，我自己会买。"春秀说。

春秀挂了电话。宝荣想想，还是骑车上山。他买了一副肥肠、一斤卤猪耳朵和半斤卤骨头肉，塞在帆布袋里，突突突，上山了。上山的路虽是黄土路，但被摩托车压了几十年，路压实了。路平滑，很好骑。但雨天或

霜冻天或雪天，只能走路上山，车子会打滑，很容易翻车。山民移居山下之后，走的人少了，但路一直被村民维护着。他们还得在山上谋生。田荒了，毛竹山还在。他们挖笋、砍毛竹，卖出三两万块钱，也是一年主要收入之一。

这一天，花面狸在产崽。黑狗一直在梨树下，望着树洞。春秀招呼黑狗去赶羊上山，黑狗也不理她。春秀把羊赶到了一个叫竹洋的山坳。竹洋距杜梨坪有五里多路，弯一个山坳，上一道山梁，再弯一个山坳。竹洋是一个只有一户人家的村子，但山地很多，也多荒着。那户人家移居山下有二十多年了。旧屋倒塌了大半多，长出的竹子成林了。回到家里，宝荣正在清洗肥肠。春秀说一声："你上来了。"宝荣应了一声，又说："你何必养羊呢，生活又不是过不下去。"

"生活是过得下去，可人熬不下去。"春秀说。

宝荣不说话了。他心里有亏欠，他知道。知道有什么用呢？他做不到。他习惯了一个人，谁也不打扰谁。这么多年，他有些孤僻。他改变不了自己。他对春秀说过好几次，说："你把我当个活死人吧。"

春秀回他："不是我把你当个活死人，而是你把我当个死活人。"

春秀翻翻菜，把卤菜端进冰箱，说："中午红烧个肥肠，煎一盘新鲜辣椒，就不烧其他菜了。"春秀去摘辣椒了。但她并没去菜地，去了梨树下。狗哈着嘴巴迎着她，眼睛宝珠似的亮着光。那是一颗晶莹透亮的宝珠，乌泽泽，有一圈黄金环。

在一个月前，趁花面狸外出觅食，春秀在树洞上方一米的枝丫，加固了一块塑料雨篷。这是羊生羊羔时，她想到的。她看着雨篷，听到花面狸在唧唧叫。

中午吃饭，春秀对宝荣说："你今天没什么事吧?"

"我还会有什么事，过两年我都退休了，没什么事忙。"宝荣说。

"那你下午去割一担茅草来。"春秀说。

"割茅草干什么用，羊圈又不要茅草铺?"宝荣说。

"那棵老梨树上有花面狸安窝了，今天可能生了一窝小崽。树下是石头堆，万一小崽摔下来，那还不摔死啊。茅草铺在石头上，即使摔下来，也没事。"春秀说。

"你管这么多羊够累了，还管一窝花面狸，你这个老

妈也当得太宽了。"宝荣说。

"叫你去割一担茅草，你就有这么多话说。你不割，我自己割。"春秀说。

"我哪会不割呢？你几年了也不向我开口，我不扫你兴致。"宝荣说。

"你不知道花面狸带大一窝孩子有多难。"春秀深深地叹了一口气，说。

"割了茅草回来，晚上还在这里吃饭。我们晚上喝一杯酒，我们已经十三年没有一起喝酒了。"春秀说。

"还是你四十岁生日那天晚上，我们喝了酒。时间过得这么快，我们怎么能不老呢？"宝荣摸摸自己的头发说。

过了三天，宝荣又上山了。春秀有些惊讶。宝荣说："我想看看花面狸生养了几只。"

春秀说："难得你有这个好奇心。我也没去树上看，到底生了几只。"

宝荣说："那我上树看。"

春秀说："你毛手毛脚的，会惊醒花面狸。"

宝荣说："我又不是小孩子，我去看看。"

宝荣蹑手蹑脚地爬楼梯上树，见花面狸在酣睡，三只幼崽匍匐在母腹下，眼睛闭着，幼崽背部的两条条纹像衣领的花边。他下了树，轻声说："三只幼崽很像小猫咪，很可爱。"

春秀每天傍晚在树下放六个鸡蛋、三个番茄。花面狸在夜色来临时下树，它吃鸡蛋吃番茄，有时也不吃，翻出篱笆找食吃。管它吃不吃，春秀每天放鸡蛋和番茄或黄瓜，反正她也吃不完。她默默地站在菜地边看。黑狗在她身边转来转去。

在第十天的下午，春秀看到树洞口探出一个乳白色的小脑袋，发出唧唧的微弱平缓的叫声。她还没上过树。这是她第一次见到花面狸幼崽。春秀用木炭记下幼崽生产、幼崽露出洞口的时间。她想，说不定明后年花面狸还会生一胎，她可以参照这个时间表照顾一下它们。

这几天，也是春秀比较忙的时候，有两只羊生了羊羔，她把主要精力放在羊羔身上。羊羔很容易受到惊吓。羊去吃草了，野猫和野猪会把羊羔当作猎物，追逐猎杀。春秀把五只母羊和五只羊羔，赶到梯田单独放养。黑狗

跟着它们。山里有野猫，在晚上，会发出呲呲呲或喵喵喵的叫声。黑狗听到野猫的叫声，昂着头叫一阵。野猫在夜间活动，但白天也会出来，在溪边找鱼和青蛙吃，找鸟吃。

到了第十七天，三只小花面狸出洞了，它们爬在树上玩耍。春秀站在离梨树不远的矮房子门口看。矮房子是以前的学校，一栋盖瓦的泥瓦房。门框烂得不成样子了，但瓦还是好的，并不漏雨。过冬的时候，春秀把晒干的番薯藤切成碎段囤放在这里，给羊做过冬饲料。冬天草衰，羊吃不饱。小花面狸原先乳白色的毛色在褪变转色，乳白色变淡，出了淡黄色。它们的脸部出现了花面，前额到鼻端有一条中央白色条纹带。小花面狸还幼小，不足一斤重，像白脸猫。

在第二十三天，花面狸带着三只幼崽下树了。幼崽在田里，拱着身子跑来跑去。黑狗站在篱笆外，看着它们，伸出舌头舔嘴巴。幼崽也不怕黑狗，唧唧地叫着。它们在跳跃着，跑着。这是它们第一次下树，第一次在跑动。它们快乐又兴奋。它们站在母狸的腹下，吮吸奶水。它们挤挨着吮吸奶水。母狸舔着它们的毛发。母狸

带着它们一起跑。母狸更像一个领舞者，领着它们跳山地舞。

春夏，杜梨坪风和日丽。太阳上山早。太阳从山梁与山梁之间的豁口，被彤红的霞光漾上来。霞光慢慢变薄变稀，山野一片明亮。松鸡也不叫了。灰背鸫咭咭地叫个不停，像个漫游歌手。草叶湿漉漉，看起来就沁人心脾。

过了两天，村里来了一个陌生人。来人四十来岁，穿黄色绑带的牛皮鞋，穿竖蓝色条纹的汗衫，脸膛有些铜黑。他的皮鞋上粘着新鲜的黄泥。他从山湾往梨树这边的山田走。黑狗从茅栗树下，追过去，追着来人，汪汪汪地狂叫。春秀听到狗叫声，连忙从菜地走过来。她知道村里来了陌生人。她问陌生人："来村里有什么事？"

陌生人看了她几眼，说："没什么事，随意走走。"

陌生人往田里走。春秀反身回屋，拿了一把大菜刀。她手摸刀面，刀面反射出白白的太阳光。她对陌生人说："我的羊羔在田里吃草，你别过去了，你会惊吓羊羔。"

陌生人怔住了，站着，望着梨树。站了一会儿，反身回山湾。春秀给宝荣打电话："村里来了一个陌生的男

人，看起来就是个不怀好意的人，可能他知道梨树上有一窝花面狸，他是来察看地形的，想偷它们。"

宝荣说："我去森林公安局报备一下，防着偷猎的人。"

春秀说："森林公安局又不会派人来守，报备不管用。"

宝荣说："你的意思是叫我上山守着?"

春秀说："白天，我可以守。偷猎的人都是晚上干偷猎，你守晚上。"

黑狗和三只花面狸幼崽玩耍。它们一起嬉闹。

大部分时间，花面狸和幼崽在树上睡觉。它们有睡不完的觉。春秀把羊群赶到竹洋去放羊。羊吃饱了，自己会回来。头羊领着羊群，一路咩咩叫。山道上烙着深深的羊蹄印。羊有五十多头了，其中小羊有十七头。小羊挤在羊群中间，踢着蹄子，蹦跶着。五头羊羔和它们的母羊，吃半天的草，早早回了羊舍，在羊舍里咩咩叫。羊羔们似乎在说："放我出去啊，要出去玩耍。"

宝荣骑着摩托车上山了。春秀给他铺床。宝荣说：

"你喜欢操心，为孩子为羊操心得还不够，还为花面狸操心。"

"你没当过妈妈，你不知道把孩子带大有多难，花面狸和羊一样，很为它们孩子操心，只是我们看不懂。看不懂，不等于它们不操心。"春秀说。

"我当了几十年的爸爸，当然知道。我不是上山了，当你帮手了嘛。"宝荣说。

"别人说我是寡妇，说了十多年了。你知道我心里怎么想吗?"春秀说。

"别人怎么说，是别人的事。"宝荣说。

"说我是寡妇，是骂你是个死人。"春秀说。

宝荣不说话了。铺好了床，宝荣说："你踏踏实实睡，晚上我守着。"

宝荣拉一根电线，挂在茅栗树上。宝荣对春秀说："树上挂一盏灯，证明村里有人守着，偷猎人不敢太大胆偷猎。"

宝荣早上下山上班，傍晚上山过夜。狗惊醒，他听到狗叫就下床，手上握一把大柴刀。第七天夜里，狗叫了。他下床，没听到人声，他看见一头大野猪带着两头

小野猪在田里拱泥巴。

双休日，宝荣也留在山上，帮着春秀种菜、烧饭、养鸡。这是十多年来，非常难得的事。宝荣是春秀的丈夫，但春秀和宝荣似乎彼此都不那么熟悉。宝荣对春秀说："这栋老房子是我们建的第一栋房子，那个时候，我有使不完的力气，挑石头挑黄泥，我浑身有劲，怎么累都累不倒。"

"你为这个家做了大贡献，所以这么多年，我没有提出和你离婚。"春秀说。

"我确实不是一个好丈夫。我没有尽到丈夫和父亲的责任。这个家，没有你操持，早塌了。"宝荣说。

"孩子都成家立业了，说这些话没什么意思。"春秀说。

花面狸幼崽有两个月大了，胖乎乎肉墩墩。幼崽可以翻篱笆了。春秀去山上砍毛竹，破篾片，给篱笆换一道新的。春秀在编篱笆，宝荣在洗菜。宝荣看着春秀的脸，有了一道道的皱纹。他把春秀的手握过来摩挲，说："你的手这么糙，干了太多的活。"春秀看着眼前的这个人，说："我的手就是我的命。"

三个月了，幼崽不吮吸奶水了。幼崽断奶了。幼崽不再是幼崽了，皮毛完全变成了黄色。它们很少在白天下树觅食。它们在窝里唧唧叫，像一群树雀。

梨子黄熟了，又大又脆。它们坐在树丫上吃梨子。吃了半边的梨子掉下来。

宝荣对春秀说："这棵梨树还是我爷爷年轻时种下的，没想到梨树养了一窝花面狸。"

"种瓜得瓜种豆得豆，种瓜不仅仅得瓜种豆不仅仅得豆，就是这个道理。种下一棵梨树就种下了善缘。"春秀说。

"我提一只箩筐去，摘梨子来吃。这个梨子甜。"宝荣说。

"别摘了，梨子留给花面狸吃。你摘梨子，会惊动它们。"春秀说。

"你也真舍得，这么好的梨子舍不得吃，让花面狸天天饱餐。"宝荣说。

"种梨的人不一定吃梨，养羊的人不一定吃羊肉。"春秀说。春秀说起在杜梨坪怀第一胎孩子时，想吃酸，又没酸吃，就去摘梨子吃。梨子刚长起来，皮还是厚厚

的，那个酸啊，酸得五脏六腑开窍。开窍了，浑身舒坦了，身子不会软绵绵了。

说着说着，春秀低下了头。宝荣也低下了头。宝荣说："明天，我陪你一起赶羊上竹洋。我差不多有二十年没去过竹洋了。"

"你去赶羊干什么？来回走十里路，路还不好走。"春秀说。

"我走一次，就知道走得有多辛苦。你天天走。"宝荣说。

"去竹洋，换一双鞋子，你穿球鞋去。"春秀说。

"我没带球鞋上山。"宝荣说。

"我买了，放在木箱里有一年了。"春秀说。

又时隔半年，花面狸散窝了，三只子花面狸不知道去了哪里。梨树上只剩下一只母狸。但春秀的黑狗知道。有一天早上，黑狗不见了。春秀站在门前石级上唤它："狗噜噜，狗噜噜，狗噜噜。"狗也没回来。狗天天跟着她赶羊，突然不见了狗，她心里失落。她似乎少了一个伴。赶羊回来，春秀看见黑狗和三只子花面狸在梯田玩

耍。它们高高地跳起来。它们抱着摔跤似的滚身子。它们脸对脸轻轻叫唤。它们用身子磨蹭身子。它们玩耍得尽兴。春秀烧好了饭，黑狗和花面狸又不见了。春秀想：黑狗是不是送了花面狸回山林的窝里了呢？

想到这里，春秀心里有些感慨。春秀对宝荣说："花面狸散窝了，你可以不用上山守它们了。"

宝荣也没想到自己守花面狸，在老屋居然住了将近十个月。宝荣说："我不下山了，你住哪里我就住哪里，我退休了，和你一起养羊。"

"是你自己说的，没有人强迫你。"春秀说。

"我都这个岁数了，谁还强迫我啊，我就是一个活死人。"宝荣说。

"活死人是可以活回来的。"春秀说。

杜梨花又开了。花面狸常到春秀菜园吃黄瓜，吃番茄，吃甜瓜。这些瓜菜都是宝荣种的。宝荣不上班了。虽然他还没退休，但单位也不要求他天天到岗。他身体一直不是很好。每天中午，春秀煮老姜、艾叶，放一撮盐巴，用艾叶给宝荣刮身子，主要是刮双臂、双腿、背脊、双掌。已经刮了半年多了。宝荣不像以往那么怕冷

了。春秀刮起来，劲道很大，宝荣疼得咬牙切齿。宝荣哀着脸说："能不能轻点?"

"通经络，轻了没效果，还得刮一年，体寒症才会痊愈。"春秀说。

"你早知道刮艾叶通经络，治体寒症，以前怎么不给我刮?"宝荣说。

"以前我是个寡妇，我有丈夫吗?"春秀说。

宝荣不作声了。这个女人忍了多少年，忍了多少冤屈，宝荣现在才明白。

羊已经有八十七头了。春秀和宝荣一起赶羊。黑狗摇着尾巴在前面带路。黑狗的后面还跟着一只大黄狗。大黄狗来山上有两个月，是只公狗。在山上和黑狗玩耍了两天，再也不下山了。大溪的狗主人上来了两次，唤它下山，它下去了两天，黑狗站在山湾叫一阵，汪汪汪，大黄狗又跑上来，气喘吁吁。狗主人再也不唤它了。

有了两条大狗，山上没有偷猎人来了。黄狗凶猛。有一次，三个偷猎人来杜梨坪的后背山吊山麂，黄狗追了上去。黄狗不叫，直扑人。黑狗在黄狗后面紧紧跟着，一阵阵狂叫。三个人被狗追了一里地，气都跑脱了。

花面狸今年没怀胎了。黑狗倒怀胎了，鼓着腹部，在屋前屋后打转。黄狗跟着它转，像跳圈。宝荣每天去大溪，买一节肱骨上来。肱骨煮冬瓜汤，骨头给狗吃。狗吃肱骨，吃得咯咯咯响。吃一口，狗望一眼宝荣。

冬季来了，春秀卖了第一批羊，卖了十二头。她一直舍不得卖，她想等羊群再大一些。宝荣说，养羊不为生计，该卖就卖吧。春秀听了他的话。卖了羊，她蹲在屋檐下，难受了好一会儿。"羊啊羊，羊啊羊。"春秀蹲在地上喊着。她难受是因为高兴。至于为什么高兴，宝荣不知道。可能宝荣知道她为什么高兴，但装作不知道，在睡觉的时候，他抱她抱得更紧。

梨树落尽了叶子，几片枯叶挂在树丫上飘着。中午，花面狸会露出洞口，趴在树丫上晒太阳。太阳高挂着，看起来却很低，就像挂在树梢上。有太阳的日子会更冷一些，树梢竹梢结着厚厚的霜。霜在太阳底下，悄悄融化，水嘀嗒嘀嗒，在树林清脆响起。在背阴的树林，霜始终不化，化了霜又结出冰凌。

山上多了一群砍毛竹、挖冬笋的人。毛竹顺着山沟，滑下去，不用人扛。毛竹滑道，沙啦沙啦作响。春秀也

去挖冬笋，挖到十点钟，再赶羊上山。草很少树叶很老，羊没什么吃食，但可以活动筋骨。活动了筋骨，羊强壮。两只狗走在前头，宝荣和春秀走在后头。宝荣唱起了山歌。他用方言唱，春秀听得咯咯笑，笑得像一只松鸡撒开翅膀叫。笑得真放肆。

狐狸之诗

　　湖边是一片森林。森林长在山坡上，斜缓，疏密有致。高树有乌桕、白姜子树、五裂槭、杉、栲、枫香、木荷、青栎。仲夏，树叶稠密肥厚，阳光西斜，洒在林子里，花白又深绿。湖是一个野湖，并不大，依着山坳的地势，似一个宝蓝色大葫芦。山泉哗啦啦地灌入湖中。一条草径沿着湖环绕。

　　"小欢追我呀。小欢，快跑啊。"安盈骑着草绿色自行车，在草径上飞快地骑着。他戴着麦秸帽，赤裸着上身，站着骑，双脚牵动着踏板，一高一低地耸着身子，白色辐条转动出光的波纹。树影静默在湖中，云朵也静默在湖中。自行车拖拽着一条山鼠，山鼠吱吱吱地叫。

　　一条狐狸追着自行车跑，它脖子的铃铛晃着，当啷

当啷，清脆悦耳。它抖着毛茸茸尾巴，嗖嗖嗖地蹿过草丛，斑黄的身影忽隐忽现。安盈往林中骑上去，坡道平缓，慢慢往上斜，斜入一个峡谷。树鹰在林杪间盘旋，"嘘，嘘，嘘"，悠扬轻盈地叫着。它明亮的叫声，可以让人感觉到风正从山顶往下翻滚，带着尚未消退的溽热和森林的幽凉。安盈放下自行车，摊卧在一片斑地锦上，他的眼球映出蓝蓝的天。狐狸伸出嘴巴，拱他汗涔涔的头。他摸着它的头，摸着摸着它蹲了下来，闭着眼，趴卧下去。涧瀑从不远处的山崖飞溅下来，腾起一阵阵水雾。

"安盈，吃饭了。"安盈隐隐听到妈妈叫自己，他没应。他拔一把斑地锦，盖在脸上。狐狸拱他脖子，呃呃呃地叫了几声。

扶起自行车，他把狐狸装在车架上的筒篓里，骑车下了坡，顺着峡谷向南，弯过一个小山坳，在一棵老枫香树下，停了下来。枫香树稠密的树叶，抖落一地树荫。树下，是一个泥地夯实的四角院子，砌了片石的矮墙。矮墙上摆了一钵吊兰、一钵凤仙花、一钵朝颜。朝颜顺着一根竹竿，往上绕，没绕上去的藤蔓，垂了下来，挂

在墙面上，几朵零星的花蔫蔫的，倦于露出笑容。因为这棵老枫香树，坳唤作枫树坳。

狐狸从筒篓里跳出来，逃窜似的翻过门槛，溜进厢房，藏在木桶里，卧下来，眯着眼睛睡觉。这是一只小狐狸，才四个月大，小巧玲珑，跑路时滚着身子。狐狸是安盈爸爸西亮从草丛里捡来的。西亮是一个解板师傅，卖木板。有人要木板了，给他一个电话，他开一辆小货车，突突突，送货上门。

二月的一天，西亮送了货回家，在溪头看见一条小狗，刚长出淡淡绒毛，落在草丛，他用衣服包了狗崽，带回家。狗崽可能才出生几天，还没睁眼，耷拉着脑袋睡觉。他对安盈说："捡了条狗崽回来，给你做伴。"安盈抬头斜睨了一眼爸爸，一句话也不说，伸出双手，抱过狗崽。安盈是个休学的初二学生。他因患有自闭症休学半年了。他整天待在家里，哪儿也不去，也不说话。他看人，斜睨一下，翻出一团眼白。

坳里只住了西亮一户人家。解板的工房在屋子后面，锯板的机器固定在大木桌上，西亮抱着木头，往电锯上

136

推，电锯吱吱吱地吃进木头，抛起细碎的木屑。木屑粟黄色，散发木质的香味。他解的木头是老木头，老木板做出来的木桌、门、柜子，不会爆裂。他蓝帽子上积了一层薄薄的木斋粉。"用什么喂狗狗呢?"安盈站在工房门口，抱着狗狗，眼皮也不抬，问爸爸。西亮关了电闸，拍拍身上的木粉灰，说："我去买牛奶，也买个奶瓶来，你要不要一起去? 你选奶瓶，肯定比你爸有眼力。"

抱着狗崽，安盈和爸爸一起去了镇里。这是半年来，安盈第一次去镇里。他不出门，外婆家也不去，也不和村里的同伴玩。他玩电视机。他拆电视机，一个零件一个零件地拆，摆在空床上。拆散了，他又一个零件一个零件地安装。他反反复复地做这件事。不做了，他坐在窗户下，望着窗外的青山。山上有一片毛竹在沙沙沙轻摇。选了奶瓶，买了牛奶，他坐上了小货车。西亮说："我们去批发市场逛逛，看有什么好玩的东西可以买。"安盈不说话，坐在车上不动，低着头，手摸着狗崽。西亮摸出钥匙，开动车子。

第二天，安盈去青山，砍了一根毛竹下来。毛竹青黄皮，竹梢稀稀分叉。他破毛竹，破出一片片青篾片。

西亮坐在门槛上，看着安盈破篾。西亮不知道安盈破篾干啥。他看着，也不问。看了好一会儿，他去解板了。他一直找不到答案，好好的儿子，读了几年封闭式管理的私立学校，怎么就患上了抑郁症呢？他儿子是个多么快乐的人啊，七八岁就知道牵着黄毛狗，去山上撵兔子，追着兔子满山跑。十一岁那年，安盈还追过一条豺，追了三里多地，把叼走的公鸡拎了回来。安盈提着公鸡，吹着口哨，头发被风吹得竖了起来，多神气啊。

过了两天，安盈编了一个筒篓，在筒篓里塞了枯草，铺了鸡毛鸭毛稻衣。一根麻绳吊起筒篓，悬挂在矮梁上。筒篓里睡着狗崽。

狗崽还不会叫。眯着眼睛整天睡。奶嘴塞进它嘴巴，它咕噜噜吸几口，嘴角淌着白液。吸了奶，安盈用篓盖，盖着篓口。这一带野猫多，安盈怕野猫伤了狗崽。

"嗯呢，嗯呢。"狗崽叫了。叫得很轻。它眯着眼叫。它白天睡，晚上叫。"你叫什么呢？"安盈问它。它还是嗯呢嗯呢地叫。有时，它半夜叫。"嗯呢，嗯呢。"叫得像哀鸣，让安盈听得心里有些忧戚。他给它喂奶，摇着筒篓。"嗯——呢——，嗯——呢——。"它叫着，叫着，

睡着了。

五月的太阳，慢慢炽热，像锅里的水慢慢沸腾。安盈把筒篓挂在屋檐下的晾衣杆上，这里阴凉、通风，又可以晒上太阳。他去溪涧的浅潭洗澡，也带狗崽去。狗崽的斑毛长出来了，腿毛细短呈黑褐色，脚趾炭黑色，尾巴长长如一支蓬松的棕栗色鸡毛掸子，尾末雪白白，腹部雪白白，下巴有一圈黑灰色斑纹，内耳环生一圈白绒绒的短毛，鼻尖黑黑，其他部位被一层棕黄色的淡毛覆盖。他把狗崽抛入水中，狗崽"呃呢呢，呃呢呢"慌叫着，叫得短促，声音尖细。它在水里，一拱一拱，抖着水花。它爬到他肩膀上，抖着湿漉漉的毛，"呃呢呢，呃呢呢"。他知道，它快乐。它露出了深黑的眼睛，眼缝形成两个半圆。

狗崽不吃米饭，但吃面包，喜欢吃肉。它还喜欢吃鱼。一次，安盈妈妈买了条鳊鱼，挂在厨房沥水。狗崽跳起来，把鱼拉进嘴里吃。安盈见它偷吃鱼，用竹片轻轻打它嘴巴，说："以后不能偷吃鱼了，偷吃鱼要挨打。"打了两下，狗崽四脚朝天躺在地上，四肢僵硬，一动不

动。坏了，打了两下嘴巴，狗崽就被打死了。安盈翻动它的身子，它毫无反应，又提起来晃动它，它还是没有反应。安盈坐在椅子上，心里难受极了。安盈鼻子酸酸的，有些想哭。他还没哭出来，狗崽一个翻身溜到院子里。原来它在装死。安盈又气又笑。

它喜欢吃鸡脏鸭脏，蹲在地上，半竖起身子，眯着眼睛吃。安盈把鸡脏放在矮墙上，狗崽呼噜噜跑上去，吃食。它不是舔食，而是张开嘴巴，露出细齿，吃进去。

"这是什么狗种呢？没见过这样吃食的。"西亮对儿子说。

安盈睨一眼爸爸，继续用鸡脏逗狗。西亮又说："狗吃食，用舌头舔进嘴巴，再嚼碎吞下去。这条狗崽，直接用嘴巴嚼，和别的狗不一样。"安盈抱着狗崽，去浅潭洗澡。洗了澡，他躺在大黑石上晒一下太阳。狗崽趴在他衣服上睡觉。这是一条白天昏昏欲睡的狗崽，喝醉了酒一样昏昏沉沉。太阳下山了，它生龙活虎起来，在屋里四处乱闯。安盈把它关在房间里，它从桌上跳到床上，跳到电视机上，在沙发上穿梭，在沙发垫和靠背之间跑上跑下，浑身有使不完的劲。安盈不理它，它就在他背

上、肩上、大腿上，来来回回磨蹭。熄灯了，安盈睡了，它蹲在窗台上，望着黢黑的窗外，嗯呢呢叫着。有月光的晚上，它叫得更凶，低着声，显得很孤独。

有一次，它蹲在窗台上，"喔呢呢，喔呢呢"，厉声叫，一直不歇。安盈从没听过它这样叫。它在号叫。它立起身子叫。它的耳朵抖动，它的尾巴翘起来。安盈听到鸡舍里，鸡慌乱地扑闪，乱作一团。安盈亮起灯，打开门，操起一根扁担去后院。狗崽一溜烟地跑向鸡舍。安盈看见黄鼠狼在扒鸡舍门。狗崽对着黄鼠狼，咧开嘴巴龇牙，吱呢吱呢吱呢吱呢吼叫着，向黄鼠狼叫阵。狗崽摇起尾巴，像摇着一根狼牙棒。它摆出一副随时扑杀过去的姿势。黄鼠狼见了狗崽这个架势，张望了两下，撤身往后山逃窜。

西亮听到了响动，也跑了出来。他看见月光照在儿子身上，脸容俊朗，威风凛凛地站在鸡舍前，狗崽蹲在脚边。他一下子感觉到，他的儿子已经长大了。父子睡意全无，坐在月下的院子里，狗崽在蹦跳着溜达。

西亮和儿子说了很多话。儿子一直听着。儿子没说话，但听得格外出神。儿子侧着脸，看着爸爸。月光斜

斜地照着远山，也照着屋舍、院子，照着他们的脸。月光照着所能照的。月光很白，白得让人惊讶。儿子的目光，让爸爸很温暖，很欣慰。爸爸默不出声地笑了。他摸摸儿子的脸。儿子羞赧地转过身，抱起了狗崽。

狗崽喜欢蹲在枫香树下，有外人来了，嗯呢呢嗯呢呢叫两声，又趴下身睡。外人走了，它直起身子，溜一眼，若是带了东西走，呃呃呃一直叫，若是空手走，它继续睡。西亮说，狗崽很贼，怕别人偷东西走。晚上，它也蹲在树下，或者在院子里走来走去。有一次，安盈骑车子去镇里取快递，又看了一场电影。他很多年没看过电影了。电影院门口的海报吸引了他：狗狗贝利和少年睡在草地上，头对着头，开心地望着蓝天。电影叫《一条狗的使命》。他边看边哭。他想起自己的狗崽，哭得更伤心了。他骑车回家，还在溪头，看见狗崽从矮坡上，快速地奔跑下来。他下了车，直挺挺地站着，看着它跑下来。它摇着垂落的尾巴，嗯呢嗯呢地叫着。他蹲了下去，张开双臂，狗崽跳到了他怀里。狗崽仰着脸，望着他。

"小欢。你以后叫小欢吧。你配得上一个快乐的名字。"安盈说。狗崽蹲在他肩膀上，他骑着车回家。小欢太机敏了，在离家三里之外，它已经感受到了安盈的气息。那是一种让它兴奋的气息。

狗崽睡醒了，就围着安盈蹦跶。它安静不下来。它爱折腾。没看到安盈，它嗡呢呢嗡呢呢地叫两声，去找他。有一次，安盈去镇里买球鞋，车还没骑出溪头，小欢追了上来。它呜呢呜呢地吼叫，近似一种哭号的声音。安盈下了车，抱着它，说："我去一下镇里，很快就回来。你叫得这么伤心，干什么呢?"小欢用嘴巴磨蹭安盈的脸，嗯呢呢地叫着。抱了好一会儿，安盈才走。小欢蹲在溪头樟树下，看着他走。安盈买了东西回来，它还蹲在那儿等他。

六月，安盈妈妈孵了一窝小鸡崽。小鸡崽跟着母鸡，在竹林扒食。鸡崽有十一只。隔两天少了一只，再隔两天，又少了一只。鸡崽去了哪里呢? 在傍晚，安盈妈妈站在鸡舍前，咯咯咯，唤鸡归笼。鸡崽少了四只。竹林有山鼠，也有松鼠，会不会是它们吃了鸡崽呢? 母鸡凶狠，它们偷吃不了。那可能是黄鼠狼来了。黄鼠狼叼着

鸡崽跑，躲在洞里吃，吃得鸡毛也不剩。安盈妈妈这样想。一天正午，安盈妈妈去竹林边，挖土豆。土豆只有大半畦，另半畦荒着。荒地被掏出了新泥，盖着。盖着的新泥，有四处。她把新泥挖开，没想到挖出鸡崽，肉都烂了，爬满了蚂蚁。安盈妈妈又起腰骂："该死的黄鼠狼，埋了我这么多鸡崽。"

西亮去地里看了，说："黄鼠狼吃东西不藏，松鼠会藏东西，应该是松鼠干的。"

一日，一个来买木板的熟客，带了肉松面包来，给小欢吃。面包放在树下石块上，小欢睁开眼，又继续打瞌睡。"安盈，安盈。"西亮亮开嗓子叫了一声。安盈从屋里出来，手上拿着螺丝刀，望着爸爸。

"小米叔叔买了面包，你叫小欢去吃了吧。"安盈爸爸说。

安盈摸了摸小欢脖子，说："去吃吧，香着呢。"小欢跳起身，把面包吃进嘴巴。

"你家这只狗崽，骨架长开了，毛色也顺了。但看起来，不像是狗，应该是狐狸。西亮，你看看，狗耳朵更尖更长，狐狸耳朵更圆更方；狗尾巴更短，毛更少，狐

狸尾巴更长，毛更多，毛茸茸；狗嘴巴更粗，鼻梁更挺，狐狸嘴巴更圆短更结实，鼻梁平直。"买木板的人说。

"你这样说，应该是狐狸了。我也是路上捡的。我还想，谁会把狗崽扔在溪头呢？可能是狐狸搬家，来不及叼走它，被我捡了回来。我家鸡崽，前几天，被叼走了好几只，藏在地里，我还以为是松鼠干的。"西亮说。

早晨，安盈还在睡，小欢就爬到他床上打滚。它嘟嘟的小嘴拱他的脸。安盈把它抱起来，放下床，它又爬上来，嗯呢嗯呢地叫。安盈说："求求你，不要烦我好不好啊，我还想睡。"小欢坐在他脸上。

安盈喜欢推铁环，绕着山道推。铁环当当当地转动。安盈推着铁环跑。小欢跟着安盈跑。小欢跑着跑着，大声叫了。安盈钩了铁环，吹一下口哨，等小欢跑过来。小欢在路边草丛，用爪抓东西，抓来抓去。安盈又反身，把它抱起来，拍它脑袋："你怎么比我还要赖啊。"

山道在山谷弯来弯去。流泉叮叮当当。牡荆、黄荆子、山乌桕、粉叶柿、海桐和芒草，长满了山谷。小欢从安盈手上跳下来，钻进灌木林。它四处钻。灌木在轻

轻摇动。芒草在轻轻摇动。安盈继续推铁环，推过了半弧形山坳，小欢又跟了上来。小欢跳起来撒欢。

推了三个来回，安盈有些累了，躺在青石板上睡觉。小欢把他的鞋子叼到大松树下，对着安盈叫。安盈单脚跳，跳去取鞋子。小欢叼着鞋子跑。安盈叉着腰停下来，小欢也停下来。安盈扔一个小石子过去，打它。它跳起来，委屈似的低着头，嗯呢嗯呢地叫。安盈坐在地上，小欢叼着鞋子跑过来。安盈抱起它，摸它毛茸茸的头，说："你就知道欺负我。"

有一次，安盈在青石板上睡得很沉。他被一场阵雨惊醒。他睡眼惺忪。他没看到小欢了，到了家里，还不见小欢。他焦急。小欢去了哪里呢？他去找。他爸爸西亮陪他一起。西亮说："儿子，我们小欢太聪明，不会跑丢了。"

"外面更好玩，它不想回来了。"安盈说。

"外面是很好玩，可它没有你这样爱护它的朋友啊。"西亮说。

"它不跟我回家，它才不想当我是朋友。"安盈说。

"朋友也有开小差的时候，说不定它又去找你了呢。"

西亮说。

"它那么耍赖，它跟我耍赖，我才不想理它。"安盈说。

"向你耍赖，就是喜欢你啊。小欢不喜欢你，才不跟你耍赖。"西亮说。

"那我都没向妈耍赖。"安盈嘟起嘴巴说。

"你没向妈耍赖，是你懂事啊。你理解妈妈辛苦啊。"西亮说。

山谷又弯又长。安盈嘘嘘地吹着口哨。安盈站在青石板上，四处看。他对爸爸说："躺在这里睡觉，好凉快，一下子睡着了，小欢就跑了。"

过了有青石板的山坳口，有一棵老樟树。老樟树又高又大。上百只栗耳凤鹛在树上叫，飞来飞去。它们叫得欢，飞得欢。安盈吹口哨，嘘嘘嘘。老樟树的树洞露出一个毛茸茸的头，眼睛忽闪忽闪，耳朵竖得像两片枫香树叶。安盈举起双手，招了招，唤了声："小欢，小欢。"

小欢没等安盈唤出声，它已经顺着树，溜了下来。它拱着腰身，向安盈跑了过来。安盈伸出双手，它跳了

上来。安盈抱住了它，摸它头，说："小欢啊，你太聪明了，知道进树洞躲雨，还睡了一觉，可把我急死了。"小欢在他身上蹦跶，趴到了他肩膀上。

过了一天，西亮送给安盈一对铜质小铃铛，说："铃铛线是羊筋，日晒雨淋也不会烂，挂在小欢脖子上吧。"安盈接过铃铛，看着爸爸，说："小欢跑起来，像铜管乐奏起来。好玩逗趣。"小欢挂着铃铛，从石磨架跳下来，铃铛当啷当啷，鸡拍着翅膀惊慌而逃。小欢去追鸡，当啷当啷，鸡噗噗噗逃进屋子里。安盈笑得像流泉，哗哗哗哗。

旧电视机被安盈拆了八次，安装了八次。他对电视机不感兴趣了。他对他爸爸说："我想买一台旧电脑来玩。"

"好啊，下午我开四轮车带你去，看看还有没有旧冰箱、旧洗衣机，我们一起买来。"西亮说。

"那我要带小欢去。"安盈说。

"小欢是大小伙子了，当然可以带去啊。看着它就可以。"西亮说。

在镇旧货市场，小欢坐在安盈的肩膀上，引得好多人以好奇、羡慕的眼光看着安盈。卖旧电器的老板啧啧赞叹，说："好儿郎，有出息的好儿郎。"一个在旧家具店玩电脑游戏的中学生，见了美丽温顺的狐狸，对他妈妈撒娇："妈妈，我也要买一只这样的狐狸。"

孩子妈妈问安盈："小伙子，这只狐狸哪里买的?"

安盈说："自小捡来的。"

中学生又向妈妈撒娇："妈妈，你也给我捡一只小狐狸来，我也要养。"

孩子妈妈说："你除了撒娇、玩电脑游戏，你还会干什么?"

买了旧冰箱、旧电脑、旧洗衣机，西亮带着孩子回家了。车开得慢，但还是有些颠簸，颠了半公里，小欢被颠得呼呼大睡。

西亮清理了一个房间放旧电器。他支起敦实的木架，铺上厚木板，墙壁上挂了一个大灯，他对安盈说："老爸给你设计了操作间，你看看还有什么需要的?"

"再搭一个溜溜架，让小欢爬上滑下玩，不然，它烦我。"安盈说。

安盈拆解电器，小欢扑在床底下睡。白天，它太喜欢睡了。它半趴着，侧着身子，四肢半缩半伸。它的眼睑在动。它很容易被动物的声音惊醒，屋外有狗叫或灰胸竹鸡在叫，它立马翻转身子，竖起耳朵，眼睛骨碌碌地转。

上午和下午，安盈都要带小欢去推铁环一个小时。小欢有时跑在他前面，有时跟在他后面。它的铃铛摇得响亮。安盈推得满头大汗，浑身燥热。铁环真像个魔圈啊，滚啊滚啊。安盈推铁环上坡，追着铁环下坡。铁环摩擦地面，发出奇妙迷人的声音。安盈对铁环滚动的线形和声音，很入迷。他乐此不疲地推。铁环的外圈磨出金属白。

西亮干完了活，也和安盈一起去推铁环。西亮推着推着，铁环滚进了草丛或倒下了。西亮推得弯弯扭扭。安盈哈哈笑，西亮哈哈笑。笑了，又继续推。小欢把倒下的铁环，叼起来，扔到路下面的水沟。安盈又哈哈笑。他们比赛着推，看谁推得远、线路推得直。每次都是安盈赢。西亮对儿子说："把线路推得弯弯扭扭也是一种技术。"

"当然是一种技术，是糟糕的技术。哪有以糟糕的技术表扬自己的啊。"安盈说。

西亮哈哈笑，说："儿子啊，没办法，老爸脸皮厚，又不肯认输。"

"输哪需要认啊，小欢都看得出来。小欢，你说是不是啊？"安盈说。小欢在蹦跶蹦跶。小欢跳上安盈的肩膀站着，扶着安盈的头，一起回家了。

"我自罚，我自罚，我今天给小欢洗澡，洗半个小时。"西亮说。

安盈妈妈站在枫香树下，看着父子俩兴高采烈回来，拍了拍围裙，回厨房做两个好菜。她的脸像一朵向日葵绽开。

西亮送货去镇里，买了一辆英骑自行车回来，对安盈说："你每天傍晚去湖边骑自行车，让小欢跑起来，逗它跑。它喜欢跑。"安盈扶着草绿色的车子，跨上它，往路上冲。他弯过狭窄的山湾，上一个斜长的坡，到了湖边。小欢跟着它飞快地跑。

湖是个浅湖，齐腰深。湖水青蓝。山风徐徐。小欢

还没来过这么远的地方，它站在湖边，望着湖里的鱼，一群群地游，它发出了呃呢呢呃呢呢的叫声。它兴奋，他知道。它蹦跳了起来。它在大石块后，在树下，躲藏起来，和安盈玩起了捉迷藏的游戏。它钻进了树洞，探出头，露出憨笑。他骑着车，追它。它绕着树林跑。

屋檐下，有两个废弃的轮胎，安盈把轮胎充足了气，带到了湖边。他又扛了门板，搁在轮胎上，用尼龙绳扎实。他自己做了一艘船。他坐上了船。小欢站在湖边，看着安盈。安盈向它招手："你有胆量，你就过来啊。坐船多好玩啊。"小欢跃起身子，咕咚一声，落进水里，晃着身子游，爬上船。它站在船上，抖毛，抖下晶亮的水珠。安盈唱起了《船帆》：

这是我的梦　抓住吹来的风

黑暗中我们又再重逢

不忍的双眸

那里会有绿洲

别回头

骆驼带我寻找自由

152

这是我的梦 抓住吹来的风

你我乘着船 光照着我的瞳孔

眼看到了岸又刮起龙卷风

我们却只有桨和破了的舟

那束光

……

所以我会撑起船帆

跟着风的方向去远航

所以我会撑起船帆

跟着太阳去流浪

我不会害怕

没什么可以阻挡

阻挡我前进的方向

所以我会撑起船帆

跟着风的方向去远航

所以我会撑起船帆

跟着太阳去流浪

我不会害怕

没什么可以阻挡

阻挡我前进的方向

所以我会撑起船帆

去到我一直向往的地方

安盈记不清自己有多久没有唱过歌了。青涩的，略
显嘶哑的嗓音，在山谷回荡。他刚刚结束变声期。他的
喉结还没长出来。他唇边稀淡的须毛，让他羞涩。他尽
情地唱。他敞开了嗓子唱。小欢坐在他大腿上，仰着脸
望他。

他唱了一遍又唱一遍。太阳的余晖落在湖面，熔金
般。乌桕树在哗哗响。鹊鸲喊喊喊地叫。树莺在芦苇里
嬉闹。黛青的森林安谧。他一边唱歌一边划船。船笨拙
地游动。悠长的峡谷慢慢溢出山岚。

安盈天天带小欢来游湖。他环湖骑四圈自行车，小
欢追着车子跑。他逗着小欢跑。有一次，他玩累了，摊
在树下草地上睡觉，但睡不着。他用草枝盖着眼睛，留
一条缝，看着小欢。小欢号叫着："吱吱吱，吱吱吱。"
他也不知道它为什么叫。小欢仰着头，爆发出磨牙般连
续的号叫。这时，一只树鹰滑过树梢俯冲下来，扑向小

154

欢。小欢钻进草丛里。第二只树鹰，从湖面掠过来，扑向草丛。安盈惊叫了起来，摸一个石头砸向树鹰。树鹰腾空而起，嘘嘘嘘地尖叫。小欢惊魂未定，探出头。此时，第三只树鹰从空中俯冲而下，箭矢般射向小欢。"完了，完了。"安盈暗叫一声，站起身，想救它，但来不及了。他没有想到树鹰有三只，从三个不同的角度布阵，猎杀小欢。一个纵身，小欢奋力跳了起来，猛然撕咬树鹰。树鹰扇起翅膀，往后退了一下，又猛扑小欢。小欢又奋力跳起来，把尾巴甩在树鹰下腹。树鹰落在地上，举起翅膀，扑小欢。"昂——呜呜，昂——呜呜。"小欢竖起身子，龇牙吼叫。安盈跑了过来，赶走了树鹰。安盈抱起小欢，失魂落魄。他没有想到小欢，这么机智这么勇敢。"嗯呢，嗯呢。"小欢低声叫着，像撒娇。

山峰斗转。小欢是山中最原始的公民，它必须是机智和勇敢的。他看着高耸的山峰，心中有些澎湃。暖暖的浪潮拥着他。他很想带小欢去山顶玩玩。

吃饭的时候，安盈问爸爸："山顶上有什么？我从来没去过山顶。"

这是他休学以来，第一次主动和爸爸说话。他爸爸

说："山顶有树，有一座巨大的石峰。"

"还有什么?"安盈问。

"有草，有兔子。哦，以前还有豹，站在山顶上，仰天号叫。"

"还有什么。"

"有一道飞瀑，从山崖的夹缝落下来。落水的地方，野猪喜欢做窝。"

"还有什么?"

"还有一棵乌桕树。你在湖边，也看见了。霜降以后，树叶金黄，那是我们这一条峡谷，最美的树了。"

"还有什么?"

"那我就不知道了。我也隔了好几年没上去了。"

安盈默默地吃饭。吃了饭，他坐在矮墙上，望着屋后的山顶。小欢在院子里乱转，很不自在的样子。

过了八天，西亮对儿子说："晚上，我们住到山顶上去，我在山顶搭了一间木屋，有你睡的房间那么大呢!"

安盈笑了，说："我带小欢一起去。"

"当然了。它是你的小伙伴，形影不离。"

156

他们午睡了一会儿。他们带着小铁锅、卤水牛肉、煎饺子、水杯、碗筷、调味品、毛毯、刀，上山了。小欢坐在筒篓里，嗯呢嗯呢地欢叫。山道狭窄，砍倒的灌木还没完全枯萎，叶子卷出细长的麻花状。为搭木屋，近几日，西亮已经走了好几趟了。西亮背着东西，走在前面。到了山顶，已是傍晚了。其实山并不十分高，只是路很难走。灌木和刺条，刮脸。安盈还是第一次爬这么高的山。他站在山顶，俯瞰山下广袤盆地。稻子尚未收割，田野金黄斑斓。四散的人烟，沿着河边摊开。河流泛出白亮亮的光，油油的清清的闪闪的。矮小的山峦，一个一个隆起来，毗连着，水花一样溅起。山对面，是高耸的灵山，突兀的石峰高耸，闪着白光。幽凉的风吹着他，也吹着乌桕树。乌桕树枝蓬勃散开，如天神遗落的冠冕。

天很快暗了下来。秋雾漫起，浮在盆地之上。小欢在乌桕树下打转，兴奋莫名。它呃呃呃呃呃呃地轻叫。它晃着毛茸茸的尾巴。它蹲在岩石上，望着慢慢升起的月亮。安盈也望着月亮。月亮有一层薄薄的红晕。月亮水水的。天空水水的，星星一粒一粒爆出天幕。澄蓝的

157

天幕，像一片风暴止歇之后的大海，月亮是一叶被清风吹动的轻舟。西亮坐在孩子身边，和孩子讲起了自己小时候的事，讲起和孩子妈妈相爱的事。西亮讲起安盈出生的第七天，患了急性肺炎，他在病房门口站了整整一天。他说："你妈妈生你的时候，产科医生折腾了三个多小时，才把你从娘胎里拖出来。你不知道，我当时有多么害怕，害怕失去你妈，害怕失去你。所以，我希望你快乐，快乐地过一生。"

"山顶是一个适合瞭望和仰望的地方。我一直好奇，山顶上有什么。现在，我知道了。"安盈说。

他们睡在木屋里。儿子抱着爸爸睡。他们说了很多话。但他们都不觉得疲倦。小欢蹲在木屋前，嗯呢嗯呢地叫着。它不知道他们在说什么，但他们说的，似乎它都明白。儿子袒露心扉："以前我很害怕成长，成长就像一种望不到头的磨难，我会慢慢克服自己，让我慢慢学会长大。"爸爸紧紧地抱住了儿子。爸爸说："你迎接月出一样，去迎接自己的未来吧。"野湖像一盏佛灯，慢慢亮起。

第三天，安盈取出木棍，拿一把刀，在稍远一些的

山坳，去寻找别的狐狸。小欢，应该有自己的妈妈。他找了很多天，也没找到狐狸。甚至野兽的脚印，他也没看到。他看到了动物粪便，一摊摊如油饼，或大圆粒如核桃。这是牛或羊的。

深秋已经到来。小欢长得更大了。安盈在湖边环骑。乌桕树黄了，黄得透明，黄得招摇。枫香树飘着红叶，映在湖面，给湖面涂了一层胭脂。他把钓上来的半斤重鲫鱼，挂在车后的三脚架上。他让小欢追着车跑，让它自己抓鱼吃。

有一天傍晚，安盈在湖边骑车，他听到了山腰有昂呜呜昂呜呜的叫声。他听得出，那是狐狸的叫声。小欢也听见了，往树林里跑。它跑得飞快，一会儿不见踪影。或许，吼叫的狐狸，是小欢的"家人"。深秋是狐狸求偶、交配的季节。狐狸是爱情的忠贞者，终身伴侣相随。明年初春，苦竹笋破土了，峡谷中的某一个山林，又多了一窝小狐狸崽。安盈这样想。

很快，冬雪飘零。雪从山巅筛下来。山白了头，白了腰，白了整个幽深的峡谷。盆地白了，白得像一块酥糕。甜甜的酥糕，粘着白芝麻。小欢会去抓山鼠抓鸟了。

趁鸡圈还未关紧篱笆门，小欢还偶尔偷吃鸡。小欢自己会找吃食了。白天它在枫香树下打盹，晚上它在四周幽谷山林游荡。它肥肥壮壮。

野湖荡起白白的水汽。天越冷，水汽越大，水越温。湖湛蓝、深情。三棵高高的落羽杉彤红又橙黄。喜鹊许是饥饿了，在树杪上叫得很嘹亮。山真是美丽又神奇。安盈望着不远处的山顶，雪峰皑皑。他知道山顶有什么。他去过。山顶是山的最高处，可以看见非常非常远的地方。至于有多远，他也不知道。非常远的地方，在地平线以外。那是他要慢慢去解的谜。

水牛的世间

　　东生养过拉姑三代水牛。水牛走过的路，就是他所走的路。或者说，他的路是由水牛代替走的。

　　十五岁，他便养牛了。他从村中学退学——倒闭的村中学让二十多个少年无书可读，他是其中之一。他的祖父大灯对他说，不读书了，跟我学耕田，有田就要耕田师。他接过了牛绳，去养牛。牛是母水牛，身材匀称滚圆，肩胛骨凸出来像两个石墩，皮毛溜滑。早上，他骑上牛背，拽着牛绳，往峡谷里去。峡谷幽深狭长，草木葱茏。牛在吃草，他躺在草地睡觉。也不是睡觉，而是眯眼，眼缝飘着白云。农耕时节，田水白泱泱，他的祖父赶着牛下田。他去割草，挑竹筐去豆地割。豆地的狗尾巴草抽芽不久，茂盛羞嫩，叶尖垂着水珠。他搂着

草割，割了满竹筐，挑到田头，看他祖父耕田。他的祖父扬起竹梢，吆喝着，快快耕，耕了两圈去吃草。牛回头看，不是看耕田人，而是看草筐和少年。少年开阔，眉宇透出一股俊美的英气。

少年盘腿坐在田头，望着撬开泥块的犁铧。泥块从犁头往两边翻，水也翻出两边的波。他的祖父大灯赤裸着双脚，戴着破了半边的斗笠，深一脚浅一脚地蹚着泥浆。"公（方言，公即爷爷），给我耕一圈，我想耕田。"他对他祖父说。

"你还是毛孩，牛绳捏不紧，过两年给你耕。"他祖父说。

耕了两圈，牛站着不走了。祖父把犁铧插在田里，卸下牛轭，解了牛嘴封（竹编嘴兜），拍一下牛臀，说，去吃吧。唵唵唵，牛轻快地叫，跑过来吃草。东生搂出草，摊在地上，牛撩起舌头，撩草吃。看牛吃着嫩草，东生好快活。牛吃得肚子圆滚滚。他又去割草。牛有嫩草吃，肥肥壮壮。

但他最想的，还是赶牛耕田。他盼着自己快快长大。

草割了一季又长一季。东生下田了，给牛上牛轭，

套牛嘴封。他像他祖父一样赤裸着双脚，扶起了犁铧，赶着牛耕田。田草开着稀稀淡淡的花，小小的烛火一样迎风摇曳。田泥翻开，新泥有青草的气息，一个个泥孔冒着气泡。这是田野翻滚而来的气息，清新浓郁，百草之气扑鼻。他的吆喝声还显得稚嫩，但清脆刚猛。他唱起了《呼牛调》：

牛喂嗬嘞

嗬哇嘞嗬哇

日头落山了呃

你快归来了呐

日头落山了呃

你快归栏了呃

嗯呐

嗯呐

他祖父看着他唱《呼牛调》，春风一样笑了。他祖父已七十多岁，个头略显矮小，头上只有须须的白毛发。笑起来，他祖父的眼睛眯出两颗葡萄，嘴巴张得大大的，

露出山洞般的口腔。他祖父爽朗，跟着哼唱起来。太阳下山了，他赶着牛去河里洗澡。牛凫在水里，鼻子潜着水花。他也凫在水里，扑通扑通扎水花。

他祖父老了。老人耕了太多的田，腿骨变形了。腿骨承受不了老人身体的重量，老人卧床了。卧床两年，老人病故了。东生成了地地道道的耕田师。他和兄弟分了家。东生尚未婚。他父亲对东生说，我挣不了钱，把牛留给你做老婆本。

水牛两年产一胎。东生把牛犊子养两年，卖出去。卖了三胎牛犊子，他已经二十五岁了。耕田的人出不起高额聘礼钱，找个姑娘比淘金难。邻村的姑娘九难见他忠厚勤快，托媒人说："铜钱银子花花目，男人勤快比钱重要。"

东生说，再怎么难，还得体面一些娶老婆进门。他卖了母牛，留了一头牛犊子备用。母牛也该卖了，牛角弯得厉害，角纹皱得密密匝匝；脸灰白，毛发稀得光溜溜，牛尾剩下最后一绺毛。老母牛被一个牛贩子牵走，它回头望着东生唵嗯唵嗯地叫。牛犊子也唵嗯唵嗯地叫。

牛犊子是牛母（方言，牛母即雌牛）。东生说，鸡生

蛋，牛生犊子，就叫你拉姑吧。每天早上，他畚一畚斗米糠给牛犊子吃。牛犊子吃了米糠，腿骨壮，长膘快。拉姑体毛油黑发亮，走路雄壮，昂着头。秋燥了，拉姑的眼睛淌白液。东生用一个竹筒，舀半筒菜油给拉姑吃。一天吃一次，吃了半个月，拉姑不淌白液了，体毛更浓密更油黑了。它的眼睛乌黑黑圆溜溜，牛角也乌黑黑。

拉姑下田了。牛轭架在它肩胛骨上，它拖着犁铧走。东生扶着犁铧，小跑跟上它。耕了田，耖田。耖了田再耙田。拉姑拉着耙，东生站在耙上如同站在雪橇上，耙滑过，泥成了泥浆，均匀地浪开。浅浅的水浪泛起，唰唰唰响。这是一副新制的牛轭，是东生自己动手做的。他去深山取了一根饭碗粗的硬漆树，用火熥了半天，熥成一个弓形，再刨光。他把轭架在自己脖子上，试了试，挺重。硬漆树是缓生树，坚硬，一个轭用十年也不会坏。生木伤肉，他用棉布包了一圈。牛上田岸，东生叉开手，给牛肩胛骨按摩。牛拉了一天的犁，肩胛骨受力的部位红肿，东生使劲地搓摩半个小时，等肌肉松弛下来，在肿块部位涂抹陈菜油。

牛耕田，东生早早起来伺候牛。捞饭上来，他揉饭

团，饭团添不多的食盐和麻油，添葡萄糖粉。饭团拳头大，揉二十个。拉姑喜欢吃，一口一个。拉姑吃十六个，东生吃四个。东生蹲在地上吃，也看着牛吃。吃了饭团，他牵着牛去溪边吃草。早晨的溪边露水深重，草叶鲜美。他的老婆九难站着门口，看着牛和男人渐渐消隐在草浪色的田畈。

耕田，一年有两季：春末，夏末。耕季是牛受累的苦季。田太多，村里耕牛也就那么有数的几头。还在耕这家的田，那家又催急了。耕田的日期，一日排着一日。耕田人累倒了，雇人耕。牛一日也闲不得。牛耕着田，嘴里淌着白沫，气呼得粗重。牛实在扛不住轭了，回过头，用牛角顶轭，轭卡得紧，顶不出来，牛便站在原地不动。耕田人扬起竹鞭，狠狠地打在牛臀上，打在后腿上，咧开嘴巴责骂：你这头懒牛，糠吃了草吃了，耕起田来像磨石磨，田还没耕三圈，赖着不走挨功夫。责骂了，牛还不拉犁，又挨了竹鞭，又挨了责骂：你看看其他牛，犁拉得磨豆腐一样，呼呼响，挨千刀的，不拉犁就去挨千刀。若是没有阉割的青壮公牛，挨了三五次竹鞭，会发怒。怒气会瞬间爆发。牛突然红了眼睛，反转

166

身子跑过来，撞耕田人。东生的一个本村人，就这样被牛撞倒，倒在田里。牛顶起牛角，把耕田人顶得高高，摔下来，摔出一个泥人。

老牛温顺一些，再累，天再热，也慢慢耕着。老牛踏了十余步，站着，仰着乌苍苍的头，对着天唵唵唵地叫。老牛的叫声，只有老耕田师听得懂。老牛的叫声也是老耕田师的叫声。老耕田师见老牛望着天，他也望着天。天是苍天，太阳白花花，天空空得只剩下蓝。天发燥。老牛叫了几声，继续耕。耕着耕着，老耕田师扔下竹鞭，卸下牛轭，给牛吃草，让牛滚浆。牛汗腺不发达，散热慢，以滚浆和饮水来降体温。牛躺在泥浆里，撑开四肢打滚。老耕田师蹲在田埂上，默默抽烟，满眼泪水。

有的牛太老了，牛角都发白发青了，乌黑黑的金属色泽消失了。但它还在耕田。耕了一天的田，牛晃着脚回家，走到溪边喝水，水喝得呼呼响，鼻孔潜着急促的气，潜完了，牛突然跪下去。牛撑了撑脚，极力站起来，可身子晃着，晃了晃，牛扑倒在地，再也起不来。它的鼻孔还在潜气，潜出了水花，潜出了稀稀的白沫。白沫没有了，黏液流出鼻子流出嘴角。黏液没有了，呼吸微

弱了。它的眼睑在翻动，眼球不滚动。眼睑撑开又耷拉下来。后来，眼睑再也撑不开或再也耷拉不下来。它的四肢僵硬着，蜷曲在身子底下，像枯死在树下的老藤。耕田的人见牛倒毙了，扑在牛身上，大哭。牛就这样死了，他悔恨。悔恨自己耕了太多的田，悔恨自己没有好好善待牛，悔恨牛直到死日还让它耕田。悔恨归悔恨，牛已经死了，趁牛身还热，就放在溪边，打着松木火把，给牛剥皮、破膛、剁骨、挑筋，连夜煮牛杂。

第二天早上，肉摊上有了牛肉、牛杂、牛蹄、牛鞭、牛排卖。牛头留着养牛人自己吃。牛骨煮萝卜，一家人吃三五天。喝着牛骨汤，喝着烧酒，唱起了《呼牛调》。一家人忘记了牛是累死的。牛都是要死的，老死和累死没区别，比挨板斧死得舒服。牛角换布，可以给孩子做两件衣裳。牛牙齿没人买，用一根紫线串起来，挂在墙上。

村里有一头水牛，耕田耕得太疲乏了。水牛在半夜，顶开栏，跑到深山。养牛人早晨起床，没看到牛了，找遍了村子，也没找到。他去派出所报了案。"这么个抢耕抢种的时候，谁这么缺德偷我家耕牛呢？我家唯一值钱

的，就是这头耕牛了。全家人的生活指望它。"养牛人对警察说。边说边呜呜地哭了起来。

警察查了两天，没个头绪，也就不了了之了。过了半年，有一个去深山砍木料的人，看到了水牛在高山草甸吃草。他认得这头牛——两只牛角之间有两个大"漩涡"。他告诉了养牛人。养牛人上山找牛，找了两天，找到了。牛在优哉游哉地吃草。养牛人拿起绳子去拴牛鼻子，还没走近，牛就冲撞了过来。养牛人没想到，才隔了半年，牛就不认自己了。养牛人说："你不跟我回去，我就杀了你过年。"牛哪听得懂他说什么，又撞他。他拿起木棍赶它，它往山巅上跑。他追了上去，牛站在悬崖上，无路可走了。牛看着他，唵唵唵地叫。他逼近了过去，牛扬起蹄子，跳下了悬崖。养牛人下了悬崖，见牛的脑壳裂开了，脊骨全断。他号啕大哭，说："你宁愿去死，也不去耕田，你算什么水牛啊。"

东生早上耕傍晚耕，避开热日。他舍不得拉姑干得太受累了。他说，事匀着干，饭匀着吃。他很少离开村子。他种稻子、种甘蔗、种黄豆、养牛。有了牛耕地耕田，他节省了很多气力。他说，拉姑代替我做了好多事，

是我家忠诚的劳动力。他善待拉姑。他无论多累，他得给拉姑吃得饱饱的。东生早上起床，第一件事便是去牛圈看拉姑。拉姑听到门闩拉动的声音，听到轻快的脚步声，它就知道是东生来了。它在牛圈里来回走，用牛角顶栏杆，顶得哐当哐当响。东生清理牛圈，铺上一层新稻草，赶拉姑去峡谷吃草。拉姑走到溪口自己去，太阳快要落山了自己回来。砍甘蔗了，拉姑拉甘蔗。收黄豆了，拉姑拉黄豆。东生很少在外面过夜。有一次，他远在义乌的外甥结婚了，他去喝喜酒，住了一夜，他就回来了。外甥说，大冬天的，没什么紧要事，舅舅在义乌多玩两天。东生说，事是没什么事，我没看到牛，心里慌。他执意回来。

东生的孩子十五岁了。东生忙不过来了，叫孩子去放牛，孩子不去。孩子有自己的想法。孩子说，牛绳拴着的，不仅仅是牛，也是人。东生有些鼻酸。谁也不想手里拽着一条牛绳，假如生活有别的办法。孩子在长大，拉姑在长老了，老得皮色灰白。它去野外吃草，牛背鹭站在它背上吃虫子。它滚泥浆，丝光椋鸟扑棱棱飞来，在它鼻腔、口腔、耳朵和眼角啄虫吃。拉姑眯着眼睛，

任鸟啄，一副很享受的样子。拉姑老了。东生把拉姑卖给了牛贩子，说："你把拉姑卖到别地去，越远越好。"

东生卖了拉姑，留下了牛犊子，也是一头牛母。耕田人很少养公牛，公牛性躁。立春后，田野有了淡淡的草青色。鬼针草抽出了第一片幼芽，春菊悄悄打起了蛋白色花苞。公牛发情了。公牛发情周期一般为十五到二十六天。在发情期，公牛好斗。见了别的公牛，就立马摆起架势，头向下低着，顶起牛角。一对牛角如两把磨尖了的弯刀。这个时候，人是拽不住公牛的——它用力摆一下头，人便打个趔趄，翻倒在地。两头公牛如两艘战舰，不开火，而是直接对撞。脑门对撞脑门。看那个阵势，这一仗，不仅关乎生死，更关乎荣誉和尊严。因此，以死相搏是完全可理解的。撞击了脑门，并不马上移开，而是抵着，僵持着。这是对牛综合素质的严峻考验：体力、脚力、支撑力、爆发力、毅力，不可缺失其中之一。狭路相逢之下，智者选择佯退——跑向田野，唵唵唵地叫着，昂起头，挑衅追上来的公牛。田野是一个大战场，佯退的公牛反转身，取得了进攻的优势——撞向迎面而来的公牛腹部，把它掀翻在地。首战告捷并

不意味着最后的胜利。摔倒的公牛撑起粗壮的四肢，用牛角顶对方的脖子，紧紧扠住，把对方撂倒。

公牛打架，孩子不能看。因为公牛乱撞乱踏。养牛人慌了。公牛越斗，兴致越高，非斗伤一方至无招架之力不可。这叫斗红了眼。公牛越斗，眼睛越红。养牛人跑回家取一块红布，晃在手里。晃啊晃啊，其中的一头公牛以为红布是对它的挑衅，低着头猛冲过来。晃红布的人连滚带爬，爬上高处的墙垛，继续晃着红布。公牛站在墙垛下，唵唵唵地愤怒地吼叫。另一个养牛人牵起自家的牛，抽打着竹梢，快步逃离。

也有晃红布不起作用的时候。公牛已经斗了半个时辰，各自的脸部挂着斑斑点点的血，战斗的气势却丝毫没有减弱，彼此僵持，毫不退缩，寻找时机斗垮对方。养牛人跑到杂货店，买来万响鞭炮，挂在竹竿上，在两头公牛之间啪啪啪炸响。鞭炮四溅，硝烟刺鼻，公牛奔逃，跑出一华里之远才驻足，四处望望，田野茫茫。

也有公牛斗着斗着，突然不斗了——牛角套进了对方的牛角，绞得死死的，牛角抽不出来。两头公牛头对着头，嘴对着嘴，彼此潜气。也有被斗死的——咽喉被

牛角刺穿，气绝而亡。

只有阉割了的公牛，才不斗架。阉割了的公牛腿脚无力，无人养，卖个肉价，拉去宰杀场。

东生选牛母养。牛犊子十六个月大，再养半年就可以下田了。东生对牛犊子说："你妈妈叫拉姑，它被牛贩子拉去集镇卖了，以后，你也叫拉姑。"拉姑这个名字好，顺口，叫得舒服。牛犊子望着东生，唵唵唵地叫。小拉姑肩宽，肩胛骨敦实粗壮，脚蹄宽，膝盖骨突起，髋骨大，脸内收，鼻孔大，两只耳朵如两把蒲扇。东生知道，小拉姑是一头好母牛，性温、耐力强。东生的父亲对东生说："牛没田耕了，还养牛干什么。"田都由铁牛耕。铁牛耕田快，吃油，不要人伺候。那么大的一个田畈，十头铁牛要不了半个月便耕完了。谁还会养牛呢？村里只有东生养水牛。

水牛到了十六岁，很少生育了。老拉姑身体强壮，生了最后一胎。生产的时候，老拉姑体力不支，胎出不来。老拉姑在甘蔗田吃甘蔗头，疼痛得唵唵叫。东生知道它要生产了，便一直站在拉姑身边，唤着它。他摸着它的头，摸着它的脖子。他安抚拉姑。羊水破出来了，

犊子迟迟不出来。东生给它助产。老拉姑产了牛犊子，累倒在地上，站不起来。老拉姑看着趴在地上的犊子，唵唵地叫。东生说，老拉姑产一头牛犊子，去了半条命。

对这头牛犊子，东生伺候得很用心。老拉姑走到哪儿，牛犊子跟到哪儿。牛犊子围着老拉姑团团转。牛贩子牵着老拉姑走，老拉姑站着不动，望着东生，望着牛犊子。牛犊子无措地望着老拉姑。牛犊子走近老拉姑，唵唵唵地叫得让人心疼。老拉姑舔牛犊子的脸，舔牛犊子的嘴巴。老拉姑舔遍牛犊子的全身，像牛犊子出生时一样舔。

没田耕了。东生还养着小拉姑。小拉姑长大了，牛贩子又来了，说："养水牛耕不了田，挣不来钱，不如卖了，卖给养殖场，可以卖个好价钱。"

东生说："我是想卖个好价钱，可我不能卖啊。"

牛贩子说："卖了青牛，再买一头牛犊回来，钱就来了。"

东生说："我公走了也有二十来年了，这头青牛是公手上留下的牛种，我怎么舍得卖呢？我公耕了一辈子的田，啥值钱的东西也没留下，也只有这头牛种了。"

牛贩子说："我认识大灯公，我从他手上买过好几头牛犊呢。"

东生说："我小时候，都是我公带着我睡觉的，我跟我公学耕田。我养了半辈子的牛了，我天天早上蹲在牛圈看牛，就像看到我公。我伺候了牛，也就孝敬了我公。"

牛贩子说："你是个粗人，想不到你心思这么细。"

东生说："牛去耕田，牛去拉车，我公在天上看着。我不能舍下他留下的牛种。"

牛贩子说："怪不得村里人外出打工赚钱，你还守着薄田。"

东生说："我十多岁的时候，看到牛轭特别喜欢，觉得牛轭多神奇啊，牛轭架上牛的肩胛骨，牛就拉着犁耕田，乖乖顺顺。我有了孩子，我才明白，每一个人的肩胛骨上都套着一副牛轭。人只有死了，才卸得下牛轭。这就是人的命。我的命就是养牛。"

东生盘出家里的积蓄，从贵州买了二十二头牛犊回来。他成了职业养牛人。牛犊都是水牛母。峡谷的中间地带，有一个叫东茅坞的盆地。盆地有一片山田，种番

175

薯种花生种芝麻种大蒜，后来荒了，长满了杂草。东生在那里建了一个大牛圈，一栏一栏地把牛隔开养。牛是放养的，傍晚了，牛自己归栏。拉姑是头牛，早晨放栏了，拉姑走在前面，昂着头，唵唵唵地沿着山路叫。草茂盛，长长短短，牛吃着吃着就散开了。到了傍晚，拉姑喊山似的叫，牛群忙不迭地下山来，归栏。

牛在栏里存了三年，多出十余只牛犊。他一个月卖一头大水牛。东生不卖给集市，卖给阔嘴。阔嘴是职业杀牛人。镇里有两个职业杀牛人。另一个人叫扁头壳。东生诅咒扁头壳。扁头壳杀牛之前，把牛绳吊在树上，一只手抱着牛头，一只手掰开牛嘴巴，他老婆往牛嘴巴里灌水。灌了满桶水下去，牛鼻子喷水，腹部开始发胀，蹄踢得巴巴响……牛瘫倒下去。扁头壳取出尖刀，捅进牛咽喉。鲜红的血射出来。牛挣扎着，想站起身。它的四肢用不了力了，它用力地晃了一下头，突然叫一声"唵——唵——唵——唵——"，像是对自己的哀悼。

"扁头壳以后肯定死得惨。他作孽太多了。牛在他手上，死得太痛苦太恐怖了。"东生说。

阔嘴虽然也是职业杀牛人，但不会像扁头壳那样残

忍。东生不忍心看别人杀牛。他小时候看过杀牛。他还是十来岁，他跑去晒谷场看杀牛。被杀的是一头老公牛。养牛人拽着牛绳去晒谷场，老公牛死死地站在原地不动。它似乎预感到被宰杀的时刻已经到来。它唵唵唵地叫着。养牛人抠着牛鼻子，登雪山一样，拽着老公牛走。冬天，雪飘零。天太寒，老牛很难熬过冬天。水牛体毛稀疏，无法御寒，最怕过冬。水牛因此在南方生活。而北方冬天风大，风如针尖，令它无法忍受。寒天，水牛很少会去户外。在野外，它神情麻木，哆哆嗦嗦地迎着风，腿脚逐渐被冻得僵硬。水牛大多在牛圈里过冬，吃稻草吃豆秆吃玉米秆吃糠。牛圈铺上厚厚的稻草，牛躺在稻草里，挨着低气温。太阳高升了，养牛人牵着水牛往田畈走走，不为吃草，而是活动筋骨。老牛挨冬如挨刀。挨不了寒刀的老牛，在牛圈里安静死去。杀牛人没经验，有胆量有浑身蛮力，却下错了刀。牛被蒙了眼睛，拴在树桩上。杀牛人摸起尖刀，捅进牛脖子。但刀没有进入气管，血喷射出来，也仅仅是喷血。牛被刀所激怒，癫狂起来，把牛鼻闩拉断。牛的鼻子和脖子喷着血，在晒谷场乱闯乱跑……

血不喷了，但滴着血。牛始终没有倒下去，站在雪地上，慢慢闭上了眼睛。

东生再也不看杀牛了。

东茅坞有一个很狭窄的关口，仅容一条山道和溪涧穿过。在关口设一扇木栅栏，牛便关在盆地。东生在牛圈侧边，搭了一间石屋，供自己过夜。他一个人在石屋住了三年，九难跟他住了进来。九难得了一种病，看了很多医生也没看出是什么病。九难怕人，除了自己家人，她不和别人说话。客人去她家，她躲在房间里或把人赶走。她甚至关了门，一个人躲在屋子里。九难不是孤僻的人，怎么会得这个病呢？东生只好把她接进了东茅坞。

东茅坞无外人来，是个清净世界。九难养了三百多只鸡鸭。鸡栖在树丫上过夜，鸭在溪边草丛搭窝。

每年立了春，赶水牛牯（公牛）的姜家拐子赶五头水牛牯进山，让水牛牯在东茅坞生活三天。姜家拐子见东生住在石屋，乱糟糟的，说："养这么多牛真不容易，好好的房子不住，生活都享受不了。"

"不养牛，我也不知道做什么事，我只会养牛。"东生说。

"养牛不如杀牛赚钱，你不如自己的牛自己杀，一头牛可以多赚千把块钱。"姜家拐子说。

"我也算过这笔账，但我下不了手，不忍心杀自己的牛。"东生说。

"杀第一头难下手，杀第二头便利索了。"姜家拐子说。

"刀捅进牛的脖子，像捅进自己脖子一样难受。"东生说。

"每个月都得杀牛卖，一年少赚上万块，好好的钱给别人赚去了。"姜家拐子说。

牛的发情期过了，盆地的春天盎然。酢浆草和花草（方言，花草即紫云英）开遍了荒田。

有一天，一头亚成年的公牛吃多了花草，腹部胀得鼓鼓。牛爱吃花草。吃多了花草，牛会胃胀气。当地人不懂科学，认为春阳照射足够，花草长一种叫"斑蝥"的虫子。至于"斑蝥"是什么虫，谁也说不出所以然，只说"斑蝥"的形状像鞋底，活在花草根部，斑蝥在牛的胃里，会放很多屁。屁把牛胃胀大了。牛排不出屁，会腹胀得痛苦死去。让牛排出屁，唯一的方法是用鞋底

拍打牛腹，把斑蝥拍死。东生牵过牛，脱下鞋子，给牛拍腹。"啪啪啪。"东生来来回回拍，拍了半天，牛腹也没消肿下去。花草是粗纤维植物，难消化，在消化的过程中会产生氨气，氨气积在腹中，牛中毒而死。当地人不知这个道理，用鞋底拍，拍到牛瘫倒了，还在拍。牛在抽搐，浑身肌肉抽动。牛的肺功能慢慢衰竭。东生看到牛倒在地上，四肢抽搐，唵唵唵地叫着。他知道牛很痛苦，在极度挣扎。牛在他眼前承受着漫长的苦熬。他从石屋里取出尖刀，捅入牛的咽喉。鲜血飙射，射出一个红红的弧度。牛伸了伸四肢，躺直了身体，安然死去。

死比苦熬更让牛舒坦。东生开始给牛剥皮剁骨。

杀一头牛，并没有让东生害怕。用东生的话说，无非是摸准了气管，刀直接捅进去，然后转动刀子，抽出来。人活着是一口气，牛活着也是一口气，没了这口气，任何肉身都会糜烂。

东生不卖牛了，卖牛肉。他傍晚杀牛。杀牛，剥皮剁骨切肉，煮牛杂，料理完了，天也亮了。他骑个四轮车，拉牛肉去镇里卖。

栏里的牛看着东生把挨宰的牛拴在树上，黑布蒙脸，

板斧敲击牛脑心，咚咚咚，三下，牛瘫倒，刀捅入咽喉。东生的牛肉好吃，半个上午便卖光了。

东生杀了十年的牛。拉姑老得瘦骨伶仃。东生舍不得杀它。拉姑的眼睛每天淌白液。浑浊的白液。拉姑有了一张沧桑的脸。东生也有了一张沧桑的脸。拉姑去吃草，孤零零地去山坞，又孤零零回来。拉姑站在山冈上，唵唵地叫，多了一分苍老的意味。拉姑吃得很少，大部分的时间在叫。有时，叫得声嘶力竭。兽医老五每个月来一次，给牛检查身体。他查出拉姑肝硬化。兽医老五说，这头老母牛活得很痛苦，肝痛得厉害。

拉姑天天惨叫。东生去找阔嘴。阔嘴说："你自己动刀吧，你也是个杀牛的老手了。"东生面哀哀地说："拉姑三代都跟着我，撑起了我这个家，现在，我半头白发了，拉姑还在，我怎么下得了这个手。我不忍心它活得那么痛苦，还好，拉姑的牛犊子还留着，算是留了种。"

阔嘴说："好说，不就是三板斧再补一刀的事嘛。"

水牛拴在香椿树上，眼睛被一块黑布蒙着。阔嘴蹲在地上嘲面。面铺着一层红辣椒粉和葱花。他脚边的斧头还滴着磨刀水。"唵——唵——唵——"拉姑叫得哀

181

绝。嗍了面，阔嘴问东生："你估估，这头牛花草（方言，花草即毛重）大概有多少?"东生抚着牛臀，手指弓成爪，给牛搔痒，嘴里不停地唤着："拉姑，拉姑。"

阔嘴提起斧头，走近牛。牛突然跪下去，昂起头，唵唵唵地叫。东生说："我再喂拉姑两个饭团。"

"马上要宰杀了，别浪费了饭团。"阔嘴说。

"死刑犯临挨抢了，还要加两个鸡腿。"东生说。

"牛是畜生，吃进去的，等一下又要掏出来。"阔嘴说。

黑布湿了两个圆圈。东生解下黑布，牛还跪着，望着东生，两眼泪汪汪。眼泪圆圆，浑浊，挂在眼角，迟迟不滚落下来。东生拉起牛鼻子，牛还不起来，唵唵唵，一声比一声低缓，一声比一声轻长。东生拿起两个饭团，牛不吃。饭团往牛嘴里塞，牛也不咀嚼，含在嘴巴里，望着东生。东生说："你看着我干什么，我也不想杀了你，可你活得这么痛苦，比死了还痛苦。"

"快下手吧，剥皮剁骨，还得不少时间呢。"阔嘴说。

牛又蒙上了黑布。阔嘴抢起板斧，对着牛的脑心，咚，敲击下去。牛的头低垂下去，又抬起来，板斧又敲

击下去。牛的头没有抬起来。板斧再次敲击，牛瘫倒在地，脚蜷曲起来。牛没有叫，也没有呻吟，嘴角吐出白沫。阔嘴搓搓手，抡起板斧，击打脑心。缓了两分钟，牛嘴流出血。血带白沫。牛腿慢慢伸直，但牛的腹部在剧烈地起伏，肿胀起来，像鼓了很多气体进去。东生抚摸着牛咽喉，低唤着："拉姑，拉姑。"

腹部再也不起伏了。阔嘴在牛脖子下垫了一块厚厚的松木板，说："先剁了牛头吧，再剥皮，剥下的皮用竹竿晾晒一下。"阔嘴的剔骨刀在靠近牛耳侧的脖子部位，比画了一下，切开肉缝，一刀剁了下去。血从刀面溢了出来。

东生捂住了脸。他不忍看那把刀。东生说，拉姑跟了我十八年，我得用牛头立个坟。拉姑是他接生下来的，是他养大的，也是他养老的。拉姑老了，肝硬化了。肝病折磨得拉姑日夜长叫。它叫，他就心疼。他睡不了觉。

坟立东茅坞。东生对九难说："这批牛出栏完了，不再养牛了。"

九难说："养了大半辈子的牛，怎么不养了呢？"

东生说："养了多少生，我就杀了多少生，这就是孽

障。以前，我养牛是为了耕田，没田耕了，我又以养牛谋生，谋生就是谋钱。谋了钱，就杀生。自己被自己推着走。我还是去种藕。"

牛没出栏，东生便种藕了。他把牛场转手卖给了阔嘴。出藕了，他骑一辆四轮车拉藕去菜市卖。他种了藕，种了荸荠，种了芋头。这些都是好卖的菜。没了牛，他自己挖田。每次挖田，他便想起耕田。犁耙耕耖，他样样在行。他想起了三代的牛。他想起了自己的祖父。他便想起村中学。村中学的倒闭，把他推进了田里。他也因此与牛相依为命。

菜市有一个牛肉铺，卖新鲜牛肉，卖牛杂，卖卤牛肉，卖牛肉丸子。东生从不去买，也不去看。每次去卖菜，九难跟他一起去。他骑着四轮车，九难和他挤在一个座位，敞篷遮着。她搂着他的腰。自他不养牛，她的病好了。也可能是在东茅坞生活了那么多年，人不焦躁了，妥妥帖帖地安顿着。东生有些老了，额头往内收着，脸上糙糙的，像一块烤焦了的锅巴。他的指甲很厚很短，和他的手掌一个样。人真不经老，东生才养了三代牛，便这个样子了。

人怎么活，是不可预想的。在自己身上，有很多事是被安排。

既然被安排了，也就认了。也是生活给自己的造化。

隐　豹

　　大兴离家三天了。他追云豹去了。云豹去了哪里，没人知道。大兴去了哪里，也没人知道。

　　云豹是十一月三日来到东山岭的。义庆碰上了云豹。东山岭距村子三华里，是一个簸箕形的山坞，灌木茂盛，岩石嶙峋。岩石裹满厚厚的苔藓，渗甘甜的泉水。村人筑四方水池，三级梯度，储水净化，引入村子，供家家户户饮水。有邻居说东山岭的一节水管破裂了，水哗哗哗爆出来。义庆是管理饮水的，带着锄头、水管、锯条、弯口，上山修水管。水管埋在地下，水冲开了泥层，喷泉一样潜射。义庆接好了水管，开始填埋泥。这个时候，他听到树枝在沙沙沙响，他抬头望了望四周，没看到什么。他继续填埋泥，树枝又沙沙沙响，有石块从峭壁滚

186

下来。他端起锄头，望峭壁，看见一张巨大的猫脸从树丫间露出来，张开的嘴巴插着不锈钢般的尖牙。他被突如其来的、从没见过的动物，吓得失魂落魄，痴痴傻傻地站在原地不动。他还没反应过来，树上的动物发出嘎嘎嘎的叫声，惊醒了他。他连滚带爬地下了山坞，走到村头了，木匠杨阿四见他像丧家犬一样奔跑，脸色卡白，满头大汗，光着一双脚，十个脚趾头流着鲜红的血，拉住了他，问："你跑得丧魂一样急，发生什么事了?"

义庆站了下来，张开嘴巴，啊啊啊地嚅动舌头，抖着嘴巴，说不出一句话。他的身体还在哆嗦，一泡急尿射了出来，裤子湿透。

杨阿四往义庆嘴巴里塞了一根烟，点起来，说："缓缓气，有事慢慢说。"

义庆抽完了一根烟，瘫坐在地上，说："虎，虎，虎。"

"什么虎? 你睁眼说瞎话。"杨阿四说。

"老虎，东山岭有老虎。"义庆说。

"不可能有老虎，你眼发花了。"杨阿四说。

"不信，你去东山岭看，老虎还在那里。"义庆说。

"鬼话不说了，我扶你回家，你裤子都尿湿了。"杨阿四说。

"你见了老虎，你也会尿裤。"义庆说。

当晚，村里人都知道了义庆看见老虎的事。但没人会相信。在六十年前，有老虎出现在村后的山林里，土狼隔了四十年没见，哪来的老虎。

过了七天，家福去东山岭砍苦竹，预备开春搭瓜架。他砍了二十来根，用藤条绑苦竹。岩石下有一棵山乌桕，挂满了藤萝。他去割藤。还没到树下，他听见林中有树在晃动，树梢摇得桑啷桑啷作响。他握紧了刀。这一带，野猪多，常有野猪下山去田里吃西瓜吃玉米。他站了一会儿，树不动了。野猪是跑动的，树连片动。可能是山鸡。山鸡栖在树上，一窝好几只，栖在不同的枝丫上。家福这样想。他也就没在意。他蹲下身子，找山乌桕下的藤根。他感觉到有一团乌黑黑的影子，从岩石上往下扑，往自己身上扑。他下意识地往后闪了一下身子，举起柴刀砍影子。

柴刀没砍到影子，砍在一块石头上。家福站起身，影子朝他跃过来，露出了白白的尖牙。他挥刀过去，挥

了个空，影子扑在他的大腿上。他跌倒在地，腾起脚踢过去，影子硬硬的软软的。影子落荒而逃。他看清了，影子是一头三十来斤重的云豹。他感到右脚和腿部锥心痛，摸了一下腿部，满手血，裤腿被撕下了大半。

他瘸着腿，颠着脚，下山了。

大兴问家福："你怎么看出是云豹？"

"天天看央视纪录片频道，我怎么会辨别不了云豹呢？身上有云状的豹纹，大猫脸，尾巴长，脚大腿短，体重三十来斤。不是云豹是什么？"家福说。家福抬起被撕了一块肉的腿，又说，"还有什么猫科动物扯得下这么一块肉？"

大兴是个经验丰富的猎人，他曾见过云豹。二十年前，云豹来过后山。云豹吃了后山人家一头猪崽。他藏身岩石洞，苦苦蹲守了十天，才守到了云豹。云豹从石崖上跃身而下，到涧坑边喝水，舔着红舌头，呼噜呼噜，喝了水，钻进一片灌木林，消失了。云豹出现不过三分钟，但大兴再也忘不了。金黄色的体毛，如龟背纹饰的斑纹，喝水时蜷伏的安静身姿，让他过目不忘。

"这只云豹是过山豹，还是动物园里跑出来的呢？"家福问大兴。

"摸不准。是过山豹的可能性更大，灵山、怀玉山、大茅山都出现过云豹，我们这里是三座山的夹角地带。"大兴说。

从家福家里出来，大兴拿了一根钢筋条，去东山岭了。他相信家福的话，撕下腿肉的是云豹。义庆看到的也是云豹，只是看到一颗豹头，误以为是老虎。

东山岭偏僻，岭口有十余亩山田，因荒废三十余年，芒草密密匝匝。山田之上，是砾石杂乱的野生灌木林。灌木林以扇形往山腰之上生长。半裸露的灰黑色岩石，并不高，但一层叠一层，叠出梯级的山崖。山的海拔也不高，约四百米，山峰却突兀，山峦自南向北延绵。涧水斜弯而下，两边是高大的阔叶乔木林。涧水有三条，从不同的山沟往山底汇聚，在山田处形成合流，有了两米来宽的溪涧。这里有猴群，十余只，在乔木林嬉闹。枇杷熟了，桃子熟了，梨子熟了，玉米熟了，猴子进村偷食吃。

云豹会不会抓了猴子吃呢？大兴这样猜测。他爬上

了山崖，去找云豹留下的印记：粪便、体毛，或者被残杀的猎物残骸。

找了半天，大兴下山了，空手而归。三条涧边的乔木林，他都找完了，没看出云豹停留的踪迹。

第二天，他带了干粮，又去东山岭，扩大寻找范围。他一个山坞一个山坞找过去，他不相信云豹没留下踪迹，只是自己没发现罢了。找了一天，什么也没找到。遥远而神秘的豹。

他不找了。找不到的东西折磨人。给人美梦也给人噩梦。

十二月一日，良春去王家山喝舅舅八十大寿的生日酒，他抄山路去。王家山通公路，走公路三十华里，走山路十二里。路在山间飘忽。路不见路，路藏在林中。以前，山路走的人多，砍柴的，挖地的，扛木头的，采药的，摘山货的。走的人多，路面宽，杂草不生百蛇不现。现在，山路没什么人走，路面长灌木，坑坑洼洼。良春是个守旧的人，骑不来摩托车，坐班车要倒两趟，才到王家山。他嫌烦，又耽搁时间，不如走山路。

在肚脐坞，他坐在一块石墩上歇脚，他看见距自己

二十来米远的一棵山胡椒树上，有一双眼睛盯着自己，射出精光。眼睛又大又圆，眼膜有一圈黄金色的环，眼眶被黑毛罩着。黑毛像蟒蛇的皮鳞。

他背脊发凉。他从没见过这么锐利的眼神，寒光闪闪，直逼人心。他坐着没动，手伸到地上，摸了一块拳头大的石头，紧紧握在手心。良春是个胆大的人。他盯着树上的眼睛，像一枚钉子。两双眼睛就这样对视着。

对视了十几分钟，树晃动了，跳下一头云豹，往山沟边的斜坡跑去。良春放松了下来，发现自己浑身汗水涔涔，手脚发凉。他夺路而逃。

在一九四三年，东山岭出现过云豹，还咬死过人。

在物资匮乏的年代，村人去山里找吃的。东山岭有一棵百年苦槠树，结上千斤苦槠子。苦槠子和板栗一样，可以当杂粮吃。在缺乏主粮的年月，杂粮也成了主粮。水亮和长东是两个结拜的义兄弟，去东山岭捡苦槠子。

在捡的时候，闯出一头云豹。云豹扑在长东身上猛咬。水亮抱住了云豹，说："你要吃人就吃我吧，我还没结婚，你吃了长东，他的两个小孩怎么办？"

云豹竟然松了口，看着水亮。

水亮说："我知道你饿了，没东西吃，你再去找找吃的吧。如果明天中午，你还饿着，你来吃我，我坐在苦槠树下等你。"

云豹走了。第二天中午，云豹来到苦槠树下。水亮坐在石块上。

水亮说："你来吃我吧，给我留一双脚板，我在世间的路还没走完，我还得继续走。我的世间路太难走。"

云豹看着他。

水亮又说："我无父无母，无妻无小。吃了我之后，你不能再吃人了，你离开这座山。我就葬在这座山。山就是我的坟。"

云豹扑向水亮。

东山岭留下了一双脚板。

苦槠树下多了一座坟，叫脚板坟。

又一年，苦槠树死了。豹再也没出现在东山岭。

豹吃人的事件传了三代人。坟还在。长东的儿子还在。

很多人不相信这个事，野兽哪听得懂人话呢？世上

哪有舍身喂豹救人的人呢？但大兴信。他在十几岁的时候，就听过这个事。他到了二十来岁，他向长东求证。那时，长东还健在，虽然老得走不动路了，但神志清醒。大兴问长东："大伯，水亮是真的喂豹了吗？"

"故去的人有什么值得谈论的呢？"长东大伯说。他从不谈水亮。

大兴很想看到云豹。据说云豹有非常迷人的眼睛和豹纹。他跟一个老猎人学打猎。学了三年，他一次也没遇上云豹和狗熊。他不再打猎了。

他去动物园看云豹。他去过南京、深圳、上海、北京等八个野生动物园。云豹是关在铁笼子里的，在木桩上爬上跳下。野生动物园出来，他便很失望。笼子里的云豹，奔跑不起来。奔跑不了的云豹，不能算云豹。山野的云豹快如闪电，腾闪挪移，跃纵蜷伏，真像一团花雾啊。

他养了好多猫，各种猫。猫养了十几年，他不养了。猫只要有得吃有得睡，可以伸个懒腰，看见老鼠都怕。

有一年（他还没结婚），灵山脚下的大山村有了云豹，吓得村人不敢出门。大兴去找云豹了。他像个野人，

在方圆十里的大山林转了五天。他空手而归。

又有一年（他还没结婚），犁头山出现了云豹，一头家猪被云豹猎杀了。全村人围攻云豹，云豹跑了。过了半个月，云豹又猎杀了一头家猪。全村人慌了，出门端铳。犁头山人养猪没有猪圈，赶在山上养。三个月下来，家猪被猎杀了四头。大兴去犁头山，替村人看猪。看守了一个月，也没发现云豹，倒是狗熊出现了两次，追着家猪跑。大兴朝天放一铳，想吓吓狗熊。砰砰砰，铳响，狗熊站在原地不动，仰头看硝烟，硝烟散了，继续追家猪。

犁头山是高山，山峰如犁头翘起，云蒸霞蔚。山峰之下涧水直流，树木参天。二十余户人烟散在山坳。大兴没看到云豹，却守了一个姑娘回来。姑娘叫蓝葱，聪明贤惠。他住在姑娘家里，姑娘对他好奇："一个大男人没有工钱，替人看守家猪，就为了看云豹，是个神经病啊。他还给姑娘家砍柴挑水。"

住了半个月，姑娘发现大兴做事踏实，讲信义，有一身好力气。

姑娘的妈妈私下对姑娘说："有野趣的男人是好

男人。"

　　良春回到村里的第二天，大兴又上山找云豹了。他对他媳妇蓝葱说："我去找云豹了，云豹去哪里，我就去哪里。"

　　"你找云豹干什么？"蓝葱问。

　　"不干什么，我想看看云豹。"大兴说。

　　"云豹会吃人的。"蓝葱说。

　　"我会防护，人不攻击它，它不伤人。"大兴说。

　　"饿了就会吃人，野猪饿了还吃人。"蓝葱说。

　　"云豹胆小，唬不了我。"大兴说。

　　"你要看云豹，去动物园看，何必花这么大心思。"蓝葱说。

　　"你不知道云豹有多英俊，跑起来太洒脱了。动物园里的云豹没什么野性，跑不起来，看得不带劲。"大兴说。

　　"云豹在哪里你都不知道，你一个人上山找，你说说，你是不是得了神经病，让人莫名其妙。"蓝葱说。

　　"想看一眼云豹，就得了神经病？哪有这样的道理。"

大兴说。

"那你说得了什么病？做让人笑话的事，就是得了神经病。"蓝葱说。

"我找云豹，干别人什么事？再说，大冬天也没事干。"大兴说。

大兴带了刀、干粮、水壶、烟、打火机、雨衣、手机、老式军用棉袄，上山了。他从东山岭进山，翻上山梁，往肚脐坞走。

走了三天，他还没回家。蓝葱急死了。她请来村主任、族人和娘家人，说："大兴三天没回家了，也没个消息，没吃没喝的，不饿着也冻伤了。"

"会不会碰上电网了？有人拉电网打野猪，上个月，西瓦窑的王金炎上山抓松鸡，被电网打死了。"有人说。

"电网是晚上拉电的，运气不会这么差吧？会不会被野猪夹打到脚，走不了路呢？"有人说。

"你们会不会说话？说得蓝葱提心吊胆。你们不要闲言闲语，放那么多屁话干什么，想办法上山找人。"村主任说。

蓝葱坐在边上低低地哭，边哭边骂："你这个神经

病，你不害死人就不省心。"

村主任说："我们分十二组上山找人，一组三人，每一组要带雨衣、刀、干粮、手电筒、手机、打火机、大哨，早上六点上山，傍晚五点半前下山，每组派村干部或村民小组长担任组长，安全由组长负责，有消息了，立即给村委和蓝葱打电话；蓝葱和所有亲戚联络一下，看大兴会不会去了亲戚家里；娘家人不上山，分片去三十华里之内的所有村庄寻人，及时互通消息。晚上，我们把各组上山的线路安排好，各组人员落实好。这样安排可不可行，集体商议。"

翌日，各组按照线路上山了。一天下来，徒劳而归。第三组在高屋岭看见了一头被铁夹子夹住了后右腿的野猪，野猪有三百来斤重，已奄奄一息。三人杀了野猪，分成三担，挑了回来。

蓝葱像个无头苍蝇。她仰天自语："这个神经病，什么时候回家啊。我熬不住了。"

晚上，天下起了毛毛雨，风刮得呼呼响。北风凛冽。蓝葱望望黑咕隆咚的天，长叹一声："天要下雪了。"

早晨，大地一片白。还好，雪很薄。但天冷，屋檐

下挂着锥形的冰凌。田里的积水封冻了。四只麻雀在蓝葱的厅堂跳来跳去，找落在地上的米饭吃。

各组继续上山。村主任问蓝葱："大兴上山是为了找豹子吗？不合常理啊。要不要去派出所报案，大兴会不会有其他的事瞒着你？"

"大兴是个直肠子的人，一根筋，他还会有什么事瞒我？他又不管钱，又不赌博，没经济纠纷。在外面，他没女人。"蓝葱说。

"四天没回家，凶多吉少。今天再没找到，一定要报案。你要有心理准备。"村主任说。村主任叹气了一声，说："世界上，怎么会有大兴这种人。"

"我心里乱死了。我就怕他出意外。你给我拿主意。"蓝葱说。

"活要见人，死要见尸。两样没见到，悬着，不踏实。"村主任说。

"我要崩溃了。这样提心吊胆的日子再熬几天，我会疯。"蓝葱说。

上山的人陆陆续续回了，还是没消息。有人问村主任："明天还要不要上山？山上路滑，义庆在山上摔了

一跤，没有松树抱住手的话，他落下岩石崖了，那真的出大事了。"

"找了两天，能找的地方也都找了，雪结冰，山路危险。我通知各组，明天就别上山了。"村主任说。

"听天由命吧，村委和邻居街坊尽力了。大兴即使冻死饿死，也该瞑目了。只是他一句嘱咐的话，也没留给我。我伤心。"蓝葱说。

"你也不要太悲观，大兴年轻时是个猎人，野外生存能力强，说不定他天天吃烤野猪呢。"村主任说。

"五十多岁的人啦，他还神经病发作。这也是我的命。"蓝葱说。

有一个叫虚虚的人，自大兴上山第二天，便坐在大兴家里等消息。他是个驼子，也是个鳏夫。他和大兴同族。他驼得像驴，背上像装了一个篓子。他是个篾匠，编织簸箕、圆匾、筛子等竹器放在家里卖。篾匠是弓腰干活的。他适合干。

他和善。邻居称他虚叔，背后也不叫他虚虚驼子。

他和大兴同年。他们是最亲密的好兄弟，比同胞兄

弟还亲。虚叔无子嗣。他在三十来岁的时候，便对大兴说："我是娶不了媳妇的人，你哪天过世了，我也哪天过世，你不在世，我在世就很乏味。"

"怎么说这样丧气的话，我们正年轻呢。你有六个亲侄子，过继一个过来，不就有了儿子吗？"大兴说。

"那个事，我不想。我慢慢活，陪你活到死的那一天。"虚叔说。

"我有两个儿子，要不，我把一个儿子过继给你。我的儿子看着你也是亲的。你选哪一个？我们这世是兄弟，下世还是兄弟。"大兴说。

"我也不要。有你这个兄弟在，我不白活。"虚叔说。

"那你要好好活啊，我很长寿的。"大兴说。

每天晚上，大兴都要来虚叔家里坐坐，聊天。他们的家相距三百来米。他们有说不完的话。逢年过节，大兴接虚叔去过。有客人来了，大兴也接虚叔过去，快快乐乐地喝上一杯。

没想到的是，大兴上山找豹子，便没回来。虚叔在大兴家坐了两天，好言好语安慰蓝葱："大兴那么聪明强壮的人，他没找到豹子才不下山呢。"

其实，他心里发毛。大兴临上山前，去过虚叔家里，说："我要去山上找豹子，我很想看看豹子。豹子来了村里，我心神不宁。我看到了豹子才安神下来。"

"豹子是好看，那你去看吧，防着野兽伤人。"虚叔说。

虚叔理解大兴的想法。就像一个年轻人日思夜想心上人，闭在家里不去找心上人，会憋出病。大兴没回家，虚叔心里懊悔：应该劝劝大兴，不要上山，至少不要一个人上山，万一出了大事怎么办呢？连个帮手也没有，连个捎话的人也没有。虚叔又想：一个去追豹子的人，可能是个和豹子一样的人。

五十来岁的人，也算是见多了生老病死的人。虚叔接受不了大兴还不回家，是不是回不了家。想着想着，他号啕大哭了起来："兄弟啊，你还不回家，你叫我怎么活呢？我发了誓的，你死的那天，我就死。你这个样子，让我活得不明不白啊。"

五天了，大兴还没回家。雪消融了。风冷冷地刮，不疾不徐。

天暗暗的。天好像都没睁开过眼，或者说，一睁开

眼又耷拉下了眼皮。虚叔也不睡，抱着一个火熜坐在大兴门口，裹着长棉袄自言自语。大兴的两个儿子折腾了几天，实在疲乏了，虽然心里搁了鹅卵石一样重的心事，但还是睡得死死的。门用一条板凳挡着，张开一条巴掌宽的门缝，露出白白的灯光。蓝葱和两个儿子催促虚叔早点睡，免得冻坏了身子。虚叔很固执地说："我熬得住，我得守着这扇门。"催促了几次，他们便不再催了。他们理解虚叔的心情。虚叔的心情也是他们的心情。可虚叔是把命耗进去的人。

虚叔抽的是旱烟。火星一明一灭。他在等，他不相信大兴就此别家不归。门外有脚步声了，他就站起来，脸贴着门缝，看门外的行人。脚步声远了，他又坐下来，抱着火熜吸旱烟。

夜晚到了九点便死寂了。虚弱的路灯静静地照着巷子。巷子又深又逼仄。狗偶尔狂吠几声。蒙蒙的白雾飘浮。虚叔站在门口，顺着灯光，望着巷子尽头。巷子的尽头是一条大路，大路可以去任何地方。这些天，晚上一直有细雨。雨丝丝，被风卷着跑。

似乎大兴随时会回来。免得开门，虚叔坐在了门口

等。他坐着坐着，又开始埋怨自己："一个驼子迈不开腿，上不了山，找不了自己的兄弟。"他骂自己："废物啊，废物啊，枉费兄弟待我几十年。"

族人不上山找大兴了，大兴的两个儿子带着自己的内亲继续上山找。好好的一个人，不能说没就没了。

虚叔对蓝葱说："嫂子，我也上山找，你放心，我不会爬很高的山，我慢慢找。我不回家，我住在金山寺。我找三天，再找不到的话，我回家。"

"你这样一个走路不方便的人去山里，我和大兴怎么担当得起呢？要死要活，随大兴吧。"蓝葱说。

虚叔拎了一副铜锣，背了个包裹，进山了。当——当——，他一边走路一边敲打铜锣。他的铜锣声，谁都听得出。虚叔在年轻时是看守禁山的，打一声铜锣，喊一声："火种不上山，大树不下山。"

他才不怕豺狼虎豹。任何威猛动物听到铜锣声，拔腿就跑。铜锣声具有庄严的威慑力。当——当——，整个山谷都震响了。如果大兴听到铜锣声，就一定知道我在找他，他就会下山。虚叔这样想。

他捏着硬邦邦的锣棒，对着锣心敲，当——当——。

金山寺离村约有二十三里地，是一个古庙，但破败，只有两间瓦舍。还好，有一个河南来的僧人守了三十余年的庙，把里里外外料理得干干净净，光光亮亮。

走了三天，虚叔走了十三个山坞。猪毛坞，大竹坞，大叶李尖坞，老僧坞，落风坞，他都走过了。这几个坞是极偏僻、林木极茂盛的山坞，常有野猪出没。老僧坞还有狗熊出没。他敲着铜锣，声音沙哑地喊："老哥啊，你怎么可以扔下我一个人呢？我活在世上孤独啊。"

他在喊，也在自言自语。

他走走，抬起头看看天。如果山里有人或哺乳动物死了，天上会有乌鸦在叫在盘旋。他没看到乌鸦。

但虚叔死心了。他不再找了。可能大兴落下了山崖，可能被冻死在某一片森林里。或者，大兴真的被云豹或狗熊吃了。

回到村里，已是傍晚了。虚叔煮了一碗粥喝。喝了粥，又炒了两个小菜，喝了一杯酒。他开始整理自己的房间、衣物。他去了一趟蓝葱家，交给她一对银手镯，说："这对手镯是我老娘留给我娶媳妇的，我这辈子是娶

不了媳妇了，留着手镯也没用，你收着手镯就是收了我对大兴的念想。"

蓝葱死活也不收，说："这个手镯太贵重，又是伯母的遗物，太烫手。"

"有用的东西才贵重，我留着有什么用呢？留给你孙女以后结婚用吧，大兴的孙女也是我的孙女。"虚叔说。

"孙女还小呢，我不能收。"蓝葱说。

"送给孙女，我也算是可以给我老娘交代了。我放在箱子里有三十四年了，也够了。放够了的东西就没资格再放了。"虚叔说。

虚叔坐了好一会儿，叨念着大兴，说："兄弟一场，竟这样散了。"

"散得不明不白。大兴对不住你这个好兄弟。"蓝葱说。

虚叔又好好安慰蓝葱。他回到家里，好好洗了个澡，换了一套从未穿过的白色褂子，上床舒舒服服地睡觉了。

睡着了，再也没醒来。虚叔服安眠药睡了。第二天中午，午饭时间过了，他的侄子三元见他房门还没开，便敲门。破门而入，发现虚叔身子都硬了。

虚叔被亲属、邻居送上了山，葬在东山岭。

深深的东山岭是鹩莺鸟歌唱的地方。天刚吐白，稀稀的白。鹩莺鸟呋哩咕哩地鸣唱。每棵树上，栖息着鹩莺鸟。它们在一天最初的光线里欢聚，组成合唱团。它们以歌声迎接黎明。对生命而言，黎明多么宝贵。每一个黎明属于新生，属于重生。黎明是生命再次开始的时候。鹩莺鸟在树上跳动，歌声也在树上飘移。静静地谛听，合唱团的众声合唱像大海的潮水在汹涌。潮水很快淹没了东山岭。

"虚叔葬在东山岭好，鹩莺鸟天天为他唱歌，活着时他太孤独凄清。"有人说。

"为誓言而殉身，是虚叔活够了。活够了的人才不在意自己的生死。"有人说。

而虚叔的死，让蓝葱陷入心之将死的境地。大兴下落不明，而大兴的好兄弟却以死表达情谊和绝望，让她这个活着的人，承受着自责、愧疚、失落，和无尽的伤痛。蓝葱对自己的两个儿子说："你爸活不见人、死不见尸，虚叔的坟当你爸的坟一样供着。"

207

蓝葱拖着病弱的身子，去金山寺。她不信佛。她信双手。勤劳的双手可以创造幸福美满的生活，是她的信念。短短的几天，她的心一下子空掉了，空出一个深深无底的窟窿。她儿子陪着她上金山寺。她儿子扶着她，像扶着一摊烂泥。烂泥又沉。烂泥随时会坍下去，被一阵雨冲垮。蓝葱跪在佛像前，求老僧："请给我念念《往生咒》吧，给我渡渡内心的苦厄。"

在金山寺，蓝葱住了两天。山里冷。霜冻厉害。有水和水珠之处，无不结着厚厚的冰。冰凌在瓦檐下一柱一柱地挂下来。蓝葱问老僧："山里怎么这样冷，冷得牙齿咯咯抖，加了一件棉袄还抵不了寒。"

老僧说："山里的四季很正常，冬天不冷也就不叫冬天了。冷是冬天的本味。"

从金山寺回来，蓝葱缓了神回来，但还是一副病恹恹的样子。因为连日熬夜和失睡，她的嗓子哑得厉害，说话像一只垂死的鸭子在叫。她对她儿子说："让我好好睡一天一夜，即使有你爸爸的死讯，也别告诉我。"她号啕大哭，"这一切到底是为什么？"

后半夜，蓝葱睡着了。她梦见自己漂在河上，像一

条巨大的死鱼，翻出白肚子。激烈的水流撞击着她。河面上，一群乌鸦在盘旋，呜啊呜啊地叫着。她挣扎着，想极力翻转身子，游泳上岸。她的手被一根绳子绑住了。一个男人跳入急流捞她上岸。一只豹子扑了过来，死死地咬住了男人的喉管。她成了豹子猎杀那个男人的诱饵。她沉沉地漂着，漂得不知所终。

醒来，已是第三天。她睡了两夜一天。她喝了一大碗热粥，满身出汗。蓝葱冷静地对两个儿子说："当你爸爸死了吧，不然的话，我会被折磨而死。"蓝葱摸着脖子伸了伸，说："每个人的脖子上都有一条绳子，我要把这条绳子解下来，如果不解下来，绳子会越束越紧，自己被吊死了还不知道。"

虚叔头七那天，大兴回来。蓝葱抱着大兴哭。儿子抱着大兴哭。蓝葱又是哭又是埋怨："你这个神经病，死到哪里去了？家也不要了，人也不要了，你把虚叔都害死了。"

大兴木然了。大兴跪在虚叔的坟前，抱着土，哭得四肢抽搐。

大兴自上山便追云豹。他寻着云豹的粪便和足印，一直追到了八十里外的大土岭。大土岭有一个小林场，只有三个职工。云豹被铁夹夹住了，被林场的人收了去。大兴见云豹关在铁笼子里，惊慌失措地号叫，他恳请林场的人放了它。林场的人说："一张豹皮值好几千块钱呢，可能放吗？要不，你买走吧。"

　　大兴说："我一个上山的人，哪带钱呢？"

　　"放了云豹可以，你留下来砍毛竹，你砍完半个月顺顺心心回家，我也顺顺心心放云豹归山。"林场的人说。

　　冬季是砍毛竹的季节。竹林茂密，很容易受雪灾，竹子会爆裂或被雪压死。即使没有雪，冰冻也会把毛竹压死。高山雾浓，竹叶蒙着厚厚的露水。露水结冰，竹冠下垂下塌，竹子爆裂而死。毛竹也是林场的主要收入之一。砍下的毛竹用竹条扎成捆，拉下山。

　　大土岭是高山地区，只有一条土公路进出，无车辆来往。林场太偏僻，没有通电，也没通讯发射塔，和外界联系不了。砍下的毛竹用四轮车拉，拉到山脚，堆在一起。竹编厂来山脚收购毛竹，二十五块钱一百斤，派东风车来拉。十天来收购一次。大兴便托四轮车司机捎

口信给东风车司机，请东风车司机捎口信给家里人。东风车司机是个忘性很重的人，竟然忘了。

大兴还以为司机带回了口信。谁也没想到，虚叔以死了结许诺。

世上还真有以死兑现誓言的人。虚叔更让人敬重。这份敬重让大兴高兴，也让他活得兴味索然。这是无法还的债。他和小儿子商量，说："虚叔也走了，也没留下个子嗣，以后逢年过节也没人供一碗酒给你虚叔喝，这样吧，你过继给虚叔，年年岁岁记得他。"

已入年关。腊月天，雪花天。

去金山寺拜庙的大头圆，挑东西送给庙里，有米有面，有糖有果。庙里的吃食，大多由村人接济。老僧是个很谦和客气的人，去拜庙的人或过路的人，他都留客歇歇脚。村里有五个人，对老僧非常关爱，送菜送水果送米送油。大头圆是其中之一。去金山寺，可以骑摩托车，剩下五里石级路步行。石级起始于磨石坞。坞有一块大石，像磨盘。大头圆穿着羽绒服，罩着头，坐在大石上歇脚，抽烟。抽着抽着，他的身子猛然向后倒了下去。他羽绒服的一条胳膊硬生生被一张毛茸茸的嘴巴拉

断。大头圆一看是云豹，挥拳打在毛茸茸的脑袋上，就地滚身子，抽起扁担，向云豹打下去。云豹结结实实地挨了一扁担，向山上落荒而逃。

大头圆惊魂未定，回到村里，说：村里又来了云豹，以后千万别一个人进山。他的羽绒服被云豹撕去了一大截，左臂印着五个钢钉穿肉般的牙齿印。

大头圆找大兴，说："云豹饿了，吃人怎么办？"

大兴说："我又不是云豹，问我干什么？"

"逮住它，送到动物园去。"大头圆说。

"野猪也伤人，怎么不把野猪送去动物园呢？"大兴说。

"云豹神出鬼没，野猪太笨。"大头圆说。

大兴不说话了。他是村里唯一和云豹相处了半个月的人。在大土岭，他给云豹包扎伤口，给云豹喂食。他知道，云豹是谨小慎微的动物，安静、怕人，见了人就会狂躁，发出嘎嗞嗞嘎嗞嗞的威胁声。云豹在山野游荡，孤魂野鬼一样。它是极其孤独的动物。他想起了虚叔，喉咙突然收紧，鼻子发酸。他的眼睛红了起来。他拎起半壶酒，去东山岭。几只鹡鸰鸟鸣叫，有些冷冷清清。

枫香树只剩下枝枝杈杈，一只树鹊站在枝头上，缩着身子，一副很冷很冷的样子。他站在虚叔坟前，喝一口酒，喊："兄弟，我对不起住你啊。豹啊，为什么不来吃我啊？"

蓝葱找他来了，夺过他的酒壶，摔得稀巴烂。她抖着嘴唇，说："你要死，就去投河，虚叔替你死了，你还嫌不够?"

花栗鼠与少年

做面条的樟哥喜欢玩牌，吃了午饭便去杂货店等人玩扑克牌。和他玩牌的人通常是水盛和黄蜂。水盛是个鳏夫，除了打牌，没任何事。他不种田不种菜不打短工，还会有什么事呢？黄蜂是个喷砂师傅，离婚之后，很少找事做了。他们在一起玩牌，玩了好多年。樟哥让黄蜂羡慕。黄蜂说："樟哥娶了个好媳妇，上午卖菜下午种菜，孩子自己会管自己，你不打牌，老天都不答应。"

樟哥说："家家有一本难念的经，我大伟不读书，就知道贪玩。"

黄蜂说："不读书学一门手艺也是一样，来钱也不会少。"

水盛说："各人有各人的命，人一生下来，八字命就

摆定了。"

黄蜂说："你媳妇好，你天天下午来打牌，你媳妇从来不吵你，不叫你回家。"

樟哥说："我上午做好了面条，傍晚去收一下，一天的事完工了。"

樟哥的面条好卖。他做的是土面，成色不是很白，一包面脆断十多根，劣质的白纸包得松松垮垮，像一条没扎紧的裤子。但他煮的面条好吃，下锅焯水两分钟捞上来，做拌面或煮面，口感非常好。来买面的大多是城里人，城里人说："樟哥的面很养胃，比胃药还好。"他的面不进商店代卖，摆在饭厅，六块钱一包面，一包两斤。他每天早上七点做面，一边做一边挂在晒面架上晒。雨天晒不了面，他改做饺子皮、馄饨皮。如果是双休日，他的孩子大伟不上课，也帮着他。大伟端一张矮板凳坐在面条机下，用一根圆竹棍在机口顺面。樟哥提着圆竹棍两端，把顺下来的面挂上晒面架。面条被风吹着，一浪一浪飘动，一浪一浪荡起浓浓的芬芳麦香。水帘一样的面条，晃着白白的光，被阳光熏烤着。

老鼠爱进面条房，吃地上清扫起来的面渣。樟哥买

来老鼠笼，用花生诱捕老鼠。有时，一个笼子捕获两只老鼠。樟哥生一堆火，把老鼠活活烤死，让它永世不得翻身。他家在竹林边，老鼠捕不完。有一次，一只花栗鼠跑进了笼子。花栗鼠在笼子乱窜，被钩子挂着，吱吱地叫。樟哥打开笼门，花栗鼠出不来，他又不敢伸手进去抓它，便一直这样挂着。大伟放学了，见笼子里有花栗鼠，扔石榴给它吃。可能花栗鼠饿坏了，抱着石榴啃起来，怯生生地望着大伟。

大伟读小学四年级。大伟有一个堂姐在县城上班，堂姐很喜欢他。堂姐对樟哥说，大伟以后读书了，我接去县城读，村小教学质量太差，耽误孩子。大伟去了第一小学读书，读了两年，班主任死活不接收了。班主任说："我教了二十三年的书，没见过这么顽皮的孩子，老师在讲课，他在班上走来走去，他还抓蜥蜴放进女同学书包，吓得女同学号啕大哭。每个星期和他谈心，他答应得好好的，可出了我办公室门就忘到九霄云外，我哪有这么多精力管他。"樟哥哀求了几次，班主任还是不答应。樟哥只好把大伟领回家，放在村小读。

村小很近，距樟哥家不足百米。这一条不足百米的

小路，大伟要走二十多分钟。大伟不是走路慢，而是找玩的东西。路边有一条水坑，水坑有青蛙、癞皮蛤蟆、蜥蜴、蚂蟥、蜒蚰、蜗牛，他都要抓起来玩。玩着玩着，他哈哈大笑。他还追着蜻蜓、蚱蜢，追来追去。没东西玩了，他蹲在地上看蚂蚁。

花栗鼠吃石榴，大伟看得很仔细。他蹲下去看。花栗鼠转着石榴啃皮，吃白白的石榴籽。花栗鼠皱着鼻，眼睛一眨一眨，毛须颤动。大伟提着笼子去诊所，医生胡白看了看花栗鼠被钩住的前右小腿，说："小腿坏死了，要把小腿切除下来，不然的话，松鼠会死。"

胡白用一块棉布包住花栗鼠，医用剪刀伸进笼子，咔嚓，小腿断了。花栗鼠在棉布里吱吱吱地叫。胡白把花栗鼠抱出来，给它包扎。胡白对大伟说："每天都要来换药，免得伤口发炎。"

花栗鼠换了八天药，不再换了，但小腿还是用纱布包扎着。大伟给花栗鼠换了一个笼子。笼子是鸡笼。花栗鼠可以在鸡笼里走动。可花栗鼠坐着，不走动。它的小腿伤口还没完全愈合。大伟给它苹果，它抱着吃；给它胡萝卜，它努起嘴巴吃；给它番薯干，它塞着吃；给

它小鱼干，它一截截啃；给它白菜叶，它吃一大圈叶边。大伟没养过花栗鼠，也不知道它喜欢吃什么，他随手找随手扔给它。它吃得有兴致。

鸡笼里的排泄物腥臭。大伟提着鸡笼去四楼，四楼有杂货间和外阳台。杂货间有三个纸壳箱，一箱堆鸡毛一箱堆鸭毛一箱堆樟木屑，还有几件破农具和破木凳。大伟把鸡毛鸭毛卖了，空出纸壳箱给花栗鼠。他把花栗鼠关在杂货间。他早上起床，牙不刷脸不洗，扔花生给花栗鼠吃；中午去学校前，他又扔番薯干或小鱼干给它吃。花栗鼠听到他脚步声，吱吱吱地叫。

一天早上，大伟又去喂食，咚咚咚上楼，拉开门，花栗鼠不见了。窗户是关死了的，会去哪里呢？他看见门轴下有一堆细木屑，门轴边的木门板被啃出了一个鹅蛋大的洞。花栗鼠跑了。三条腿的花栗鼠跑得不知去向。大伟捶了一拳木门板，自言自语地说："养不亲的花栗鼠，骗吃骗喝的家伙。"

傍晚放学，大伟帮爸爸收面条。爸爸玩牌还没回家。大伟把面条一绺一绺捋好，放在圆匾上抱进饭厅。饭厅有一个三角形的木架，圆匾塞进去。一个木架可以塞八

个圆匾。饭厅有三个木架,圆匾塞满了,面条也就收完了。大伟的妈妈还在菜地,给菜浇水。大伟用电饭煲焖饭。他去菜橱找桃酥吃。他进厨房,看见花栗鼠躲在菜橱里吃桃酥。他看着花栗鼠,花栗鼠看着他。大伟说:"你这个贼,啃破了门,又来偷我桃酥吃。"花栗鼠继续吃。他开心。

暑假了,大伟每天早上给爸爸打下手,顺面条。面条机当哒当哒。他双手托着一根圆竹棍,面条嘶嘶流下来,如一匹瀑布。樟哥问大伟:"李白的《望庐山瀑布》会背了吗?"

日照香炉生紫烟,

遥看瀑布挂前川。

飞流直下三千尺,

疑是银河落九天。

大伟随口背诵出来。樟哥说:"书哪有那样难读,你不是会背了吗?用心读书就不会难。"

"你为什么做面条？你还天天下午玩牌。人都是贪玩的。"大伟说。

"你这样说，那我还有什么好说的呢？我做面条，是我爸没钱供我读书，我读完小学第五册就退学当放牛娃了。"樟哥说。

"我读书，还给你天天顺面条，还不如让我退学，当面条师傅。"大伟说。

"你的年代是知识年代，我的年代是手艺年代，年代不一样，端的饭碗也不一样。我爸没学手艺，卖柴养家，现在柴火送人都没人要。"樟哥说。

顺了面条，大伟约邻居玩伴去田野玩。天太热，地面烘烤，蒸腾着一股股热浪。孩子们躲在家里玩电脑游戏。大伟不玩游戏，他喜欢玩小动物。他用麻线绑麻雀脚，挂在晾衣杆上，让麻雀飞。麻雀飞一会儿，不飞了，站在晾衣杆上。他敲打一下晾衣杆，麻雀又呼噜噜飞起来，没力气了，垂挂在麻线上。大伟放了麻雀，又去抓蜥蜴。路边草丛里蜥蜴多，闪着信子，皮鳞绿茵茵。他做了一个尼龙丝的网兜，网兜扑过去，蜥蜴罩住了。在蜥蜴的嘴巴里，他塞蚕豆大的石头，扔进水坑里。蜥蜴

会游泳，游着游着，头下坠，身子竖了起来，尾巴在水面摆晃。

晒面条的晒场右边，有一口池塘。池塘与山边的溪涧互通，水浅但清澈。早晨，妇人在池塘边洗菜洗衣服。樟哥养了五只白番鸭，整天在池塘里戏水，找鱼虾螺吃。花栗鼠爬在板凳上，看白番鸭玩水，吱吱吱地叫。大伟抱起花栗鼠，放在白番鸭的背上。白番鸭游着游着，沉入水中吃食，花栗鼠落在水里，惊慌失措地划水，逃到岸上。大伟哈哈大笑。他摸出一把花生，放在脚边，花栗鼠颠着脚跑来吃花生，扑哧扑哧地打着喷嚏。大伟又哈哈大笑。

花栗鼠只有三只脚，另半只脚悬空，身子很难保持平衡，前半边身子斜着晃着。花栗鼠上树，是四肢抓着树，后肢蹬力，往上跳跃。它前肢抓不紧树，往上跳跃，有时会落下来。它没办法在树上跳来跳去。花栗鼠喜欢和白番鸭玩，可白番鸭啄它。白番鸭扁扁的硬嘴，啄下去，花栗鼠卷起蓬松的长尾巴甩过去，吓得白番鸭蹦蹦跳，张开翅膀逃。

过了一个月，白番鸭不啄花栗鼠了。白番鸭去戏水，

花栗鼠跳上鸭背，站起来，吱吱吱地叫。

樟哥养了一条黄狗，有八年了。黄狗健壮，温顺，很守家。但黄狗有一个劣性，喜欢叼邻居家里的旧鞋子、旧袜子。叼走的鞋袜不知藏在什么地方。樟哥喜欢这条黄狗，因为黄狗很会在屋后竹林抓野鸡。野鸡在竹林里咯咯地叫了，要不了三五天，准被黄狗叼回家。听到野鸡叫，大伟会说："过两天有野鸡吃了。"

黄狗蹲在门口，花栗鼠就爬到黄狗背上。黄狗去抓野鸡，花栗鼠也去。

水库边有一户农家乐山庄，养了上百只鸡、两百多只鸭，台风一夜席卷，暴雨连绵，竹子搭的鸡舍鸭舍坍塌了。鸡一下子没了窝，往山林钻。老板和老板娘上山抓鸡，抓了四天，仍有三十多只鸡丢失了。

去林子里采野茶的人，见了鸡就去抓，鸡呼噜噜飞到千米之外。采野茶的人说："家鸡成了野鸡，野鸡是鸟，抓不了。它们栖在树上，也在树上过夜。"过了三年，据说林子里有上百只鸡。鸡已自然繁殖。有人在林子摸到鸡蛋。

水库与樟哥家隔一道山梁。大伟带着黄狗去抓鸡，

花栗鼠也去。林子又盛又密，占了整块北坡。大伟把黄狗赶进了林子。大伟在溪涧里摸青螺。青螺只生活在洁净的山中溪涧，味鲜美，很泻火。他摸了两斤多青螺，黄狗叼着一只鸡，下山了。大伟没看到花栗鼠。黄狗嗯呢嗯呢地叫了一阵，花栗鼠还是没回来。等到晌午了，花栗鼠还没回来。

"你算什么狗？你就知道自己回来，你叼一只鸡回来有什么用？你也不知道把花栗鼠带回来。你吃了我多少肉骨头，一只花栗鼠都看护不了，你算什么啊？"大伟拎着鸡，边走路边数落黄狗。狗在前面走着，抖着舌头，摇着尾巴，一副兴高采烈的样子。鸡的翅膀被狗咬断了，垂了下来。"咯咯咯"，鸡叫得很凶。鸡叫着叫着，大伟哭了出来，又数落鸡："花栗鼠没回来了，你还叫得这么凶巴巴，我生一堆火烤叫花鸡，看你怎么叫。"数落完了，又数落自己："贪吃的嘴巴，应该用鞋底掌嘴。"

吃午饭，大伟还在流眼泪。樟哥安慰大伟，说："花栗鼠是我们客人，林子是它的家，它回家了，你应该高兴啊。"

"你知道什么。它少了一条腿，会被蛇吃了被松鸦啄

了，还会被其他松鼠和山老鼠欺负。"大伟说。

"说不定明天老鼠笼又捕了一只花栗鼠。"樟哥说。

"即使捕了花栗鼠，也没走掉的那只好玩。"大伟说。

吃了饭，大伟躺在饭厅的摇椅上睡着了。太阳太烈，大地像个烘房。他晒了半天，头有些发晕。他的脸晒得红红的，像米枣。池塘里，白番鸭在戏水，像白云浮在湛蓝的天空。美人蕉在池塘边开得很娇艳，火焰般喷射。栀子花却开得静娴，芳香袭人，白得悄无声息，如一群银喉长尾山雀栖在枝头。黄狗蜷在院子的青石板上，叉开四肢，睡得很香甜。白鹡鸰站在屋角叽叽叽地叫。

花栗鼠的尾巴拂在脸上拂在鼻子上，痒痒的，大伟连打了三个喷嚏出来。大伟被尾巴招惹醒了。他抓尾巴，花栗鼠却跳走了。花栗鼠自己回来了。这真是奇迹，三华里长的路，它竟然没有迷路。大伟不懂，花栗鼠在野外会留下气味或体液，作为回巢穴的标记。

邻居乔山养一只黑猫，无杂色，壮硕。猫闲不住，白天抓老鼠，晚上还抓老鼠。猫蹲在乔山厨房的屋顶上，监视着四周的老鼠举动。但邻居并不喜欢这只勤快的猫，

甚至很讨厌它，见了它就驱赶。因为猫喜欢找松软暖和的地方睡觉，在床上或沙发上排便。猫还吃鱼吃肉。谁家买了肉，放在灶台上，趁人不备，猫把肉叼走。鱼杀好了，挂在竹竿上沥水，也被黑猫叼走。邻居想晒点风吹肉、风吹鱼做年货，得安排人守着，不然都被猫糟蹋了。防一只猫，比防贼还难。猫悄然来大伟家，有十余次了。它隐蔽着，想抓花栗鼠。有一次，它从菜橱顶上跳下来，扑向花栗鼠。花栗鼠蹲在地上吃红萝卜，猝不及防，梭鱼一样溜走。猫纵身追，追到饭厅，眼见要扑抓下一去了，黄狗扑了过来，把猫叼了起来，摔到门外。猫惊魂未定，喵喵地叫，一溜烟跑了。猫再也不敢来。

　　院子外有一棵鸡爪槭，种了七年。樟哥在树下倒剩饭剩菜喂鸡喂鸭，鸡鸭喂得肥肥，树却慢慢死了。盐分高，树被咸死了。死树却一直留着。大伟在树丫上安装了一个竹筒，花生、小核桃、苦槠子，塞在竹筒里。花栗鼠在树上玩耍，黄狗蹲在树下。花栗鼠喜欢在树上"遛弯"，乐此不疲。它会在竹筒里取食。它用两条后腿（后肢）和尾巴吊在树丫上，唯一的前腿（前肢）伸进竹筒如探囊，取出食物，身子荡一下，像荡秋千，身子

安稳落在树丫上。大伟哈哈大笑。这个世界真有趣。

更有趣的事发生在四楼杂货间。花栗鼠睡在杂货间的纸壳箱里。天黑下来，它呼呼地上楼，悄无声息了。杂货间窗户对着竹林，相距约八米。其中有一棵竹子往屋这边弯下来。有一次，大伟给杂货间清扫，他打开门，见一只花栗鼠从竹梢飞（滑翔）飞进窗户，稳稳地落在装有木屑的纸壳箱上。飞来的花栗鼠并不惧怕人，在杂货间来回穿梭。两只花栗鼠玩得吱吱地叫。他没想到花栗鼠这么厉害，可以飞起来，像野鸡一样翘着长长的尾巴。它们的快乐，就是跑动，无节制地跑动。

早晨顺面条之前，大伟还要背半个小时的课文。樟哥没读过什么书，也不知道孩子该怎样读书，他布置的暑假作业就是早上背半个小时课文、下午做一个小时作业。至于背什么、写什么作业，樟哥自己也不知道。樟哥穿上白色的工作服，戴上口罩，和面粉。大伟背课文。樟哥听着。大伟的声音越大，樟哥越开心。樟哥笑眯眯地和面粉。花栗鼠趴在大伟肩膀上，玩弄大伟的头发，玩弄大伟的耳朵，玩弄大伟的鼻子。大伟扑哧一下，笑了，背课文的声音断了。樟哥亮了嗓音："好好的，课文

怎么背不下去了?"

大伟又从头开始背。大伟的妈妈骑上电动三轮车，卖菜去了。她看着大伟背课文就发笑，她看着自己的男人和面粉也发笑。她是个不善言语的人。她发笑起来很温情。她很满足。

她最满足的是，自己的男人从来没离开过身边，孩子虽然顽皮，但从来不会逾越底线，不用自己太操心。她一心一意去种菜、卖菜、料理家务。在她结婚的第八年，樟哥在右脖子部位生了肿瘤。樟哥去了市肿瘤医院、市人民医院做了检查，都确诊不了是良性还是恶性。她陪着樟哥，背着衣物，跑医院跑了三个多月，内心备受煎熬。最后去了上海瑞金医院，才确诊是良性的，做了切除手术。樟哥开始脱发，三个月便脱光了。去上海的火车上，樟哥一再对她交代：是恶性的话，我们就直接回家，不多的钱得留着，善待孩子，抚养孩子长大。

上海回来之后，她从不对自己的男人和孩子发火，也不对别人发火。她心平气和地生活，即使大伟被第一小学退学回来，她也不责怪自己的孩子。家里有了花栗鼠，大伟安静多了，也快乐多了。大伟也懂事了很多，

他每天中午给花栗鼠洗澡，爸爸玩牌晚了，他一个人收面条。她心里甜。

大伟写作业了，花栗鼠又爬到他身上、桌子上。他抱起花栗鼠，顺它软软的体毛。它的体毛多美啊，背部橘红色，有五条黑褐色纵纹，纵纹自眉背部延伸至臀部，腹毛污白色，毛基灰色。他顺体毛的时候，花栗鼠乖顺地卧在他的手上，眼睛汪汪地看着他。它的眼睛乌溜溜，又大又圆，两只耳朵竖得挺挺，憨态可掬又神气十足。他顺了它体毛，又摸它头，摸着摸着，花栗鼠闭上眼睛睡了。他放下它，它又醒过来，活蹦乱跳。

夏天有些漫长。在午后，香椿树上的知了，吱呀吱呀，叫个不歇。只有阵雨来了，知了才止了噪声。阵雨从山边来，伴随着轻轻的由远及近的雷声。大伟会观察云，云积在山巅，乌黑黑一块，就知道阵雨即将来临。他张罗着收面条。面条淋了雨，发酸，只能喂猪。他一挂一挂在摊在圆匾上，抱进屋子。收完了，阵雨哗啦哗啦泻下来，白番鸭在池塘游得更欢了。花栗鼠仓皇跳下鸡爪槭树，嗦嗦嗦地跑进屋子。阵雨带来了凉意，也带来了睡意，大伟叉开双脚，在摇椅上睡着了。睡着了，

他还在脸上抓痒。山蚊子把他的脸当作了食盘。花栗鼠匍匐在黄狗的腹部，黄狗舔它的头和脊背，它一下子迷迷糊糊了，沉沉睡去。花栗鼠每天中午要在黄狗腹部下睡觉。

阵雨停了，知了的叫声更噪了。更噪了，乡野显得更安静，安静得让人倦怠。

早春，四楼常有吱吱吱的花栗鼠叫声。竹林有花栗鼠飞进窗户，在四楼开心地玩耍。杂货间地面有玉米、黄豆、番薯干、核桃、桃酥、花生、南瓜子、红萝卜条等食物，也不知道花栗鼠是从哪些地方搬来的。花栗鼠很少下楼来玩了，它有了同类玩伴。

花栗鼠的腹部一日比一日鼓了起来。大伟妈妈说："花栗鼠快要生孩子了。"

大伟高兴，说："什么时间会生呢？有好多花栗鼠了，可好玩了。"

大伟妈妈说："花栗鼠什么时间生孩子，你问花栗鼠去。"

春分第二天，纸壳箱里有了一窝小花栗鼠。大伟数

了数，有五只。小花栗鼠蜷缩在母鼠身边，沉沉地睡着。睡着了还蠕动着身子。可能怕冷。小花栗鼠的绒毛稀稀的，浅灰色，嘴巴嗳嗳着，随时准备吸奶。

过了一个月，小花栗鼠下楼了，咬木板咬衣柜咬木凳子。樟哥便把门都锁了起来。大伟订了袋装"长富鲜奶"，送奶员把奶放在八仙桌上，骑车走了。小花栗鼠咬开袋子，想喝牛奶。袋子是软塑料袋，牛奶流得满桌面。小花栗鼠吸桌面的奶，嘴巴、下颚沾满了奶水。大伟妈妈拿起鸡毛掸子，敲打桌面，小花栗鼠抬头望望她，继续吸。

每天早上，刘大七骑一辆脚踏三轮车，拉新鲜豆腐卖。他去各条巷子，踏着三轮车，吆喝着："卖豆腐喽，三块钱一斤的手工豆腐。"樟哥买一碗豆腐，浸在脸盆冷水里。小花栗鼠趴在脸盆边，把豆腐啃得稀巴烂。

大伟妈妈买来绿豆做种子，隔了一天，绿豆不见了。过了半个月，樟哥去竹林掰笋，发现竹林中的一块荒地上，发了绿豆芽，发了黄豆芽，发了花生芽，发了土豆芽，发了玉米芽。小花栗鼠用颊囊携带这些食物，藏在地里，种子发了芽。

太会偷吃了。樟哥取了一杆竹梢，驱赶小花栗鼠。小花栗鼠往四楼跑，樟哥追上去。小花栗鼠在阳台，无处可去，飞跃了下去。五只小花栗鼠翘着尾巴，落入菜地了，嗦嗦嗦，上了乌桕树。樟哥以为小花栗鼠不会再来了，他又去玩牌了。黄蜂要赶到镇里喝喜酒，牌局结束得早，樟哥到了家，小花栗鼠又在啃饭厅的老南瓜。

母鼠发出吱吱吱的叫声，它们就会来了。樟哥把可以吃的东西都锁在房间里。

堂姐送给大伟的"小白兔"奶糖，大伟还没吃完。他喜欢吃奶糖。他扔一个奶糖下去，五只小花栗鼠跳过去抢奶糖，一只小花栗鼠抢到了，另四只支起身子去哄抢，吱吱吱地叫。抱着奶糖的小花栗鼠，上了鸡爪槭树。

乔山的黑猫藏在屋角，扑在一只小花栗鼠身上，咬住脖子，叼起来就往山后的竹林跑。另外四只小花栗鼠哆嗦着，吱吱地叫。

太阳出来了，暖和。母鼠和四只小花栗鼠在晒面条的场地上玩耍，相互追逐着，玩"跑得快"的游戏。大伟坐在门口吃饭。碗里的饭吃了一半，他听到花栗鼠吱吱急叫。他望眼过去，看见一只鹞子抓住一只小花栗鼠，

高飞走了。大伟惊叫了起来："鹞子，鹞子，鹞子。"

樟哥连忙出来，鹞子已经飞走了。他嘀咕了一声："怎么说没就没了呢？"

又过了半个月，小花栗鼠断奶了。三个月，小花栗鼠成了大花栗鼠，它们在竹林、在菜地、在田野，四处出没。它们坐在黄蜂家的石榴树上，把没熟透的石榴，啃出一地的皮；把乔山的一架黄瓜，全啃烂了。

小学的最高年级是五年级，读六年级就要去镇里读，住校。转眼，大伟上六年级了。大伟对他爸爸说："我可不可以带花栗鼠去学校啊。"

"你说可不可以呢？"樟哥说。

"当然不可以。"大伟说。

"既然知道不可以，为什么想带花栗鼠去呢？"樟哥说。

"住校一点都不好玩，早上读书晚上还读书，没乐趣。"大伟说。

"谁都要经历读书的阶段，不读书成了睁眼瞎，你们这一代人，高中毕业算是文盲了。"樟哥说。

"花栗鼠多好，不要读书，过得很快乐。"大伟说。

"人有家庭责任有社会责任，需要劳动能力来完成，花栗鼠不需要，张开牙齿咬吃就可以。"樟哥说。

开学了，樟哥骑着电瓶三轮车，送大伟去学校。在学校住两天，樟哥又把大伟接回来，洗澡洗衣，做一餐好吃的。孩子虽然成绩很一般，但不能因此亏待了他。樟哥这样想。

黄狗已经很老了，春末夏初褪了毛，但新毛还没出来。它的身上有了黄黄的皮斑。樟哥对媳妇说："到了深秋，狗毛还没换出来，狗就会死了。一条狗老不老，生命力旺不旺盛，不看狗的吃食，不看狗的腿骨，就看狗毛换得顺不顺。狗毛乱糟糟，换不出新毛，狗也将寿终正寝。"

到了初秋，狗很少活动了，趴在屋檐下睡觉。花栗鼠趴在狗的身上睡觉。花栗鼠睡一会儿，又蹦跳起来。大伟回了家，第一件事便是抱花栗鼠，顺它体毛摸它头。花栗鼠在他身上跳来跳去。

一日，花栗鼠不见了。它可能被猫抓了。早上花栗鼠还在饭厅吃番薯，樟哥在做面条，媳妇卖菜去了。媳妇卖了菜回来，没看到花栗鼠。樟哥四处找，也没找到。

他心里难受。花栗鼠凶多吉少。狗老了，防不了猫。

没了花栗鼠，黄狗更显得死气沉沉。樟哥去镇里，买了一件花栗鼠毛绒宝宝玩具，放在摇椅上。狗望着玩具，呆呆的，又围着玩具转，转了又望着。大伟见了狗这副样子，难受得哭了。他左手抱着玩具，右手抱着狗，哭得很伤心。

狗天天望着花栗鼠毛绒宝宝玩具，望了好一会儿，眼睛眨一下，继续望着。

冬至早上，黄狗老死了。老死在扁筐做的狗窝里。喜欢喝药酒的老乐，找到樟哥，说："老狗骨头泡酒好，卖给我吧。"

樟哥说："你还是把我的骨头拆下来，给你泡酒吧。"

老乐很尴尬，说："不卖就不卖，说得这么难听干什么。"

樟哥虎着脸，说："你也不想想，这条狗跟了我这么多年，我卖了它骨头，我和畜生有什么区别。"

寒假了，班主任来家访。班主任姓董，教数学和自然。老师来家访，樟哥扔了牌，赶回来，搓着手，说：

"天这么冷，董老师还来家访，是不是大伟让你操心了？大伟顽皮，我管不好。"

"大伟很聪明，读书再上心一些，就更好了。"董老师说。

大伟抱来火燎，给老师烘暖。董老师问起了大伟在家里的学习情况和生活情况。樟哥诚实地回答。樟哥问大伟："老师对你的要求和希望，你都记得了吗？"

大伟恭恭敬敬地站在老师面前，说："我会努力读书的。"

董老师和蔼地说："你又不是被罚站，坐在火燎上好好说。"

"大伟养了一只花栗鼠，养了两年，上个月，花栗鼠不见了，不知道是被猫抓了还是去了别的地方，大伟很伤心。董老师，大伟的成绩是不是退步了？"樟哥说。

"大伟和我讲过养花栗鼠的事。大伟成绩没退步，还提高了很多，在班级进步很大。"董老师说。

董老师看着大伟，又说："有爱心有耐心的人，才爱养动物，很可贵，但养动物还得学习动物知识，不能光凭一腔热爱，知识指导我们认识世界。"

樟哥也不知道说什么好，满脸笑。大伟说："我很想去找花栗鼠，我才不信它被猫抓了。花栗鼠那么聪明。但我不敢一个人去山上，我怕野猪。"

"好啊，我陪你一起去。"董老师说。

"那怎么当得起，我明天陪孩子去。"樟哥说。

"那我们现在一起去山上走走?"董老师说。

山很近，就在屋子后面。董老师边登山边给大伟介绍花栗鼠的形态特征、栖息环境、生活习性、分布范围、繁殖方式、种群现状、保护级别。大伟很敬佩地看着董老师，说："老师，你怎么懂这么多呢?"

"我懂知识，你懂实践，我向你学习，我以后加强实践，你也要加强学习，专业知识指导实践，就是知识应用。"董老师说。

山并不高，但树林和竹林都很密。走了半个山坡，已是傍晚了。董老师骑上电瓶车回镇里了。

"大伟，你想去找花栗鼠，为什么不告诉我呢?"樟哥说。

"你上午做面条下午玩牌，我告诉你干什么?"大伟说。

樟哥把孩子抱在腿上坐，说："你长大了，有了自己的想法，需要老爸的时候一定要告诉老爸，你明白吗？你的事就是我最大的事。我以后尽量不玩牌了。再玩牌下去，我们都会生疏了。"

"偶尔玩牌还是可以的，生活还是需要趣味的。你多帮妈妈种菜，妈妈天天种菜很辛苦，只是妈妈不说。"大伟说。

樟哥有些愧疚，把孩子抱在怀里，说："你比我懂事，老爸很高兴。你也要好好读书，时代不一样了，做什么事都需要知识。"

"嗯，嗯。"大伟点着头，应着。

董老师来家访，给大伟影响很大。他给自己定了作息时间表。樟哥知道，儿子真长大了，自己需要更多的时间和精力，陪儿子。大伟做作业，樟哥就坐在饭厅烤火。樟哥不玩牌了，他和媳妇一起下地，锄地、选菜秧、拔草、施肥。他也不让媳妇挑菜、挑肥。媳妇扛一把锄头走在前面，他挑着担子跟在后面，有说有笑。乔山媳妇也是个种菜人，对樟哥媳妇说："乔山对我，有樟哥对你那么好，我累死在地里，都是开心死。"

村距镇小学，其实不远，只有八华里。每天早上樟哥送大伟去学校，傍晚又去接大伟回来。樟哥买了一辆柳州五菱面包车，接送孩子方便，不会淋雨，路上也安全。每个月，樟哥带三十个土鸡蛋给董老师，第一次，董老师怎么都不收。樟哥说："你对我大伟影响很大，改变了我大伟，我说不来话，你收着，不然我媳妇说我是个木头人。我已经向大伟保证了，我不玩牌了。"董老师被樟哥逗笑了。

星期天，大伟在家待两天。早早地，他帮爸爸顺面条。面条机咔叽咔叽地叫着，像一只小兽。他的面条顺得既平整又不折断。樟哥往面条机里塞面团。樟哥看着自己的儿子。儿子多么像自己，天庭饱满，耳朵肥大，腮帮鼓鼓。樟哥这样想着，便对儿子说："以前你顺面条，话特别多，现在怎么不说话了呢？"

"我在想心事。"大伟说。

"什么心事，可以告诉老爸吗？"樟哥说。

"也不是什么心事。花栗鼠去了哪里呢？"大伟说。

"这个问题，想不出结果。"樟哥说。

"去了哪里，才是结果。结果不一定是答案。"大

伟说。

樟哥很惊讶地看着自己的儿子。儿子虽顽皮，但心地善良，心思细密，用情很深。他对儿子说："下午，我带你去爬山，说不定还可以找到花栗鼠。"

下午，他们去登山。桐花开满了山坞，如五月飞雪。瀑布声在山谷回响。高高的桐树上，有巨大的鸟巢。大伟说："老爸，花栗鼠不筑巢，会占用高树上的大鸟巢，那么多的大鸟巢，肯定有花栗鼠的窝，现在是育小花栗鼠的时候。"

岩石高高地竖在山谷，长着稀疏油青的草和矮灌木。大伟说："花栗鼠在石壁洞做巢穴，再高再陡的石壁，它都可以上去。它有飞檐走壁的神功。"

他们登上了最高的山。山脚下，是一览无余的大盆地。蜿蜒的河流泛着白亮亮的光，亮得发黑。那是一条沉默的河流，流向未知的远方。盆地里的水田正在翻耕，水汪汪的。交错的阡陌开满了野花。大伟从没发现，田野是这么美，河流是这么悠长。他的心里充满了一种渴望。他不知道这种渴望是什么。他想知道那些开花的草叫什么名字，那些没开花的草又叫什么名字。他想认识

每一棵树。他想认识树上的每一种昆虫。他想知道昆虫为什么会鸣叫，是怎么鸣叫的。

大伟采了二十种树叶回来。树叶有各种形状，各种颜色。他把树叶一张一张地夹在《安徒生童话》书页里。他不知道这些树叶，是什么树的树叶。这才是他入迷的地方。他知道，花栗鼠就生活在有这些树的林子里。

跋：为爱塑像

一个人对待动物的态度，可以真切地反映这个人的人性。一个社会对待动物的态度，可以真切地反映这个社会的温度。残忍对待动物的人，不可能成为我的朋友。

二〇二〇年十月二十日，在四川马尔康柯盘天街，我对任林举兄说："自然是个通畅循环系统，人类的大部分心理疾病可以被治愈，有些生理疾病、甚至绝症也可以被治愈。"任林举兄写一手星汉璀璨文字，对自然深有研究。他说："我赞同这个观点，但需要实证。"

我回到上饶，写了《圣鹿》。《圣鹿》写七八个绝症患者，远离尘嚣，在一个群山环抱的山坞独自生活，自我疗养、康复的经历。二〇一八年正月初二，我和我表弟水根去雁坞走访，给我触动很大。雁坞距我生活的枫

241

林村，约五华里，与外界隔绝。这是个空壳村，被寺庙的人流转过来，瓦屋修葺，免费给生态养生者居住。居住者皆为慢性疾病重症患者，濒临死亡，久居之后，大部分患者居然渐渐康复了，真是神奇。令人惊喜。

二〇二〇年十一月八日，我请老友万涛和陈其中吃饭，为去五府山居住商定日程和生活起居。为写森林系列作品，我必须去森林居住。这是我的想法。陈其中是万涛的老友，是五府山盖竹洋人。五府山处于武夷山山脉北部余脉，有着赣东最雄伟壮丽的原始森林。盖竹洋是五府山最高的村落之一。在席间，陈其中说起了一件事。他说他的邻居叔叔，非常喜欢打猎，杀生无数。一次，邻居叔叔打了一只猴子，铳的硝弹炸破了猴子的腹部，肠流了出来。猴子把肠塞进腹部，向猎人作揖，哀求猎人放过它的家族。邻居叔叔从此不打猎，忏悔半辈子。五府山暂居回来，我写了《灵猴》。

我动了写一本哺乳动物之书的念头。

赣东有两个山系——五府山山脉、怀玉山山脉——均属高山地区，森林十分丰富且壮观，有很多哺乳动物，甚至猛兽，如黑熊、云豹。我的村子（公墓山入口山坞）

242

在二〇二〇年十一月，也出现了云豹，吓得村人不敢去公墓祭祀。消失了三十余年的云豹，又回来了。猛兽出没，是森林系统完整恢复的标志。离我村子约十五华里的望仙峡谷，有中华鬣羚种群栖息。中华鬣羚是牛科动物，它的角像鹿不是鹿、蹄像牛不是牛、头像羊不是羊、尾像驴不是驴，被称为"四不像"。我们本地人称牛羚，非常稀有，只生活在广袤茂密的森林。我还目睹过体毛如白雪的白狐，无任何杂色，非常友善可亲。

就我的写作而言，无论是以饶北河流域为叙述背景的乡村写作体系，还是以客观自然为主体的自然写作体系，我都没有离开过群山对我的孕育。群山与群山之中的河流，是我写作的母体。我脱胎于此。我的想象力和构造力还没有能力超越群山。我唯有精准表述，生动描述，诚恳讲述。

这是一本自然主题明确的书。但与我之前的自然文学系列作品，有着明显的差异。之前的系列作品，我讲究人（我）在自然的现场，自然给人（我）切身的实感体验，人（我）对自然认识所产生的哲思，从而确认自然个体生命的价值与自然美学。但这本书，我大多时候

远离自然现场，讲述的是人与哺乳动物的情感关系、互动关系、伦理关系。从诸多关系中，我重在发掘人性。可以说，这是一本关乎人性的书。人在对待动物时，人性表现得淋漓尽致。

哺乳动物敏感、友善、勇敢、机智、有趣、知恩图报。正如良善之人。我为它们博大的爱心塑像，也为它们苦难的一生立碑。

是为跋。